RYU《リュウ》
PROJECT《プロジェクト》

震災のあの日から

CONTENTS

【登場人物】

○サンダーライガー　ＴＶ特撮番組の等身大ヒーロー（シリーズ化されている）
○コスモエース　　　ＴＶ特撮番組の巨大化ヒーロー（シリーズ化されている）

○株式会社ハルプランニング
仙台の販促等の企画制作会社。震災五年前までサンダーライガーの制作を行っていた
林　貴志　代表取締役（東北キャラクターショー黎明期からの元スーツアクター）
橘　綾子　社員
高橋佳奈　社員

○専門学校デジタルアーツ仙台
タラコ　　ミュージックアーティスト科講師（在仙の元ロックバンド〝阿Ｑ〟のヴォーカル）
佐伯麻美　声優科学生
成田智明　ミュージックアーティスト科学生

○コスモエース関連
一条正美　コスモエース現役ＭＣ
斎藤健文　一条の先輩

原田辰巳　一条の後輩
杉山　徹　一条の後輩

○サンダーライガー代理店関連
児島秀雄　元サンダーライガー東北地区代理店社員
木本　崇　元サンダーライガー東北地区代理店社員
神谷　勉　サンダーライガー東北地区代理店社員

○造形関連
伊藤涼介　元アイリス造形の社員（元スーツアクター）
桓田楠末　イラストレーター
加藤義人　カトー工芸社社長（アイリス造形の協力会社）
アイリス造形　サンダーライガーの造形を一手に引き受けている

○その他
鈴木莉奈　一条の同級生
本田修平　国分町の居酒屋〝斎太郎〟の店主（元スーツアクター）
田中大地　ヒーローズアクションクラブ東京のスーツアクター（林の直系の後輩）

プロローグ

二〇一一年三月十一日　午前九時四十分

「以上で弊社の説明を終了させていただきます」

ここは新潟県新潟市、この日、林貴志は農林水産省管轄の大型遊戯施設のイベント運営会社を決める企画コンペ会場にいた。懇意にしている広告代理店からのたっての頼みで、新潟にある系列会社の企画書を書いていたのだ。

「それではここからは質疑応答といたします」

進行役を務めている若い担当官からの宣言とともに、すかさず何人かの手があがった。質問が多いということは食い付いた証拠だ。

「タレント案なのですがね、従来のタレントとはあまりにかけ離れた感があるのですが、そこのところをもう少し説明してもらえますか」

林は大きく頷くと、手元のファイルから一枚の紙を取り出して目の前に掲げた。

「ここにインターネット調査会社、株式会社アイザスが、二十代から四十代の女性を対象にしたアンケート結果があります。これによると、御社既存施設に〝行ってみたい〟、または、〝ちょっと行ってみたい〟を合わせると、実に四十三パーセントの方が興味を示したとのデータ結果があります。御社の昨年のデータを見ると、一年間の入場人員は七百三十五万二千百十一名です。そのうち女性の入場者数は、九十八万二千四百十五名で、わずか十三パーセントです。しかし、インターネットの調査では、〝行ってみたい〟という女性の潜在ニーズが四割強あるのです」

そこまで一気に話すと、一旦言葉を切り、審査員に自分の言葉が浸透していくのを確認し、そして続けた。

「つまり、このデータから読み取る限り、女性ターゲットの伸びしろは非常に高いと推測されます。全体の企画として、既存ターゲットに主軸をおきつつも、新しいターゲットの取り込みを狙い、今回のタレントをご提案しています」

仙台で企画制作会社ハルプランニングを営む林の淀みない説明に頷く審査員の面々。

この後、いくつか質問を挟み、林達のプレゼンは終了した。


「林さんありがとうございました」

建物を出て駐車場に向かう道すがら、林達の会社に企画を依頼した広告代理店に勤める桜井が、満面の笑みで言った。

「かなり感触が良かったですよね」

林と桜井の後ろを歩いていたハルプランニング入社四年目の高橋佳奈がそれに応える。

林は車の前で立ち止まり、桜井の方に向き直ると、

「人事を尽くして天命を待つ、ですかね。結果が出たら教えてください。この後、福島に寄って打ち合わせが

あるのでここで失礼します」と言って頭を軽く下げた。

「わかりました。二、三日で結果がわかると思いますので、わかり次第すぐにご連絡を差し上げます」

桜井と別れ、この夏から始まるキャンペーンの打ち合せに、林と高橋は福島の広告代理店へと向かった。


ハルプランニングは、林が二十八歳の時に海外から戻って起業した株式会社だ。

株式会社とはいえ、従業員が二名しかいない。まさに個人商店に毛が生えた程度の会社である。

二十八歳で起業したといえば聞こえもいいが、実際は、趣味で海外と日本を行ったり来たりしているうちに、就職しそびれたといった方が近いかもしれない。

それでも一九九一年の創業から二十年間、主に広告代理店からの依頼で、宮城、福島の企業を中心に販売促進やイベントの企画立案を行っている制作会社であった。

そもそも宮城や福島には、企画書を書く制作会社が少ないという理由から、林のハルプランニングでは毎日が多忙を極めていた。

先月二月で四十八歳になった林、そして二十六歳の高橋。

まだこの時には、まさかこの後、世界中が驚愕する大災害に巻き込まれるとは夢にも思っていなかった。

第一章　震災

1

二〇一一年三月十一日　午後二時四十六分
東北自動車道白石インターチェンジを過ぎたあたり。

ハンドルを握るのは新潟から福島へと同行していた高橋。

助手席には林が座る。

「プレイベントとはいえ、福島のＤＣキャンペーンが受注できたのは大きかったですよね。この勢いで、新潟も決まるといいなあ」

ＤＣとは、デスティネーションキャンペーンの略で、ジェイアールグループ旅客六社と指定された自治体や、地元の観光事業者等が共同で実施する大型観光キャンペーンのことだ。

プレイベントとはいえ、対象は福島全域に留まらず、関東や関西、九州にまで及ぶ。この大型キャンペーンの受注は林も素直に嬉しかった。

「そうだな。俺達の企画の趣旨も伝わったと思うし、やれることは全部やったんだ。あとは待つだけさ」

そう言って、林は持っていた資料に目を落とした。

「なんか……　ハンドルが変です……」

高橋がそう言った瞬間、

「地震だ！」林の声に高橋の悲鳴が続いた。

「路肩に止めろ。あせるな」と叫びながら、ドア上のアシストグリップを掴む林の手に力が入る。

車は路肩に無事に止まるが、増々強く揺れる地震に、高橋が不安の表情をうかべた。地面の下から響いてくる凶悪な地響きに、外から聞こえてくる鉄と鉄の擦れるギィギィという音が重なり、否が応でも不安を増幅させる。

林は外から聞こえる音の発生場所を確認し、

「あの陸橋が軋んでいる音だ。万が一、陸橋が落ちてもここは安全だ」と言って、腕時計に目を落とした。

時計の針は午後二時四十六分を指していた。

地震はなおも激しく続いている。

揺れというよりも、もはやうねりに近い。荒波の海に浮かぶ小舟のようだ。

「前を見てみろ」

林がさす前方の道路を見ると、映画かテレビでしか見たことのないような、まさに上下にうねる道路の姿があった。

瞬間、高橋が息を飲む。

「まずいな……」

林の一言に、「ここの道も大丈夫でしょうか」と高橋が不安そうに尋ねた。

「ここは見通しもいいし、まわりに建物もない、へたに外に出るより車にいる方が安全だろう」

二人は、ギシギシと揺れる車の中でひたすら耐えていた。

反対車線に目をやるとやはり同じように路肩にたくさんの車が止まり、激しく揺れている。体感している以上に、向かい側で揺れている車を見ている方がこの地震の激しさが感じられる。

やがて収まっていく揺れ。

「ラジオをつけてみてくれ」

高橋がラジオをつけると、放送局も混乱している様子が伝わってきた。

「午後二時四十六分、東北沖を震源とするマグニチュード九・〇の巨大地震が発生！　東北各地に大きな被害をもたらした模様です！　くり返します……」

「地震の大きさだけで被害状況はわからないですね……」

「この揺れだ、ラジオ局も無傷とは思えない。相当混乱しているのだろう」

「あっ、会社に電話しなくちゃ」

「さっきから何度もかけているよ」

「繋がらないのですか」

「まったくだ。揺れも収さまったようだし出発しよう。ここからは俺が運転する」

「道路、大丈夫でしょうか」

高橋はそう言うと、不安そうに辺りを見回した。

道路脇の街灯などは曲がっているが、見る限り、道路は大丈夫そうだ。

「まあ行ける所まで行って、ダメなら下に降りて一般道を行くさ」

林と高橋は、揺れが収まるとすぐさま会社に向けて出発した。幸い高速道路自体は傷んでいる様子もなく、いつもより幾分スピードを抑えながらも無事仙台まで戻ってきた。

いつものように泉のスマートインターチェンジに入ると、係員から泉インターチェンジから降りるように指示を受ける。地震の影響でスマートインターチェンジのゲートが開かないらしい。

林達は六キロほど先にある泉インターに車を向けた。

泉インターの出口には五つのレーンがある。そのうち二つがETC専用レーンになっているが、やはり故障しているようだ。前を走る車が空いている三つのレーンに向かって行き、次々とブレーキランプの明かりが灯り、間もなく林達の車も止まった。

前方の車のストップランプが点滅を繰り返し、その度にランプの消えた時間の分だけ進んで行く。ここまで来て、遅々として進まない車が高橋の苛立ちに拍車をかける。

「余計なおしゃべりしないで、まずは車を出すことを考えてよね！」

「係員に声をかけているのは、トラックや車のボディに社名が入った職業ドライバーが多いだろ。地震の後、一人で運転していて、携帯も繋がらない、ラジオも混乱している。みんな心配なんだよ。俺達はまだ二人だから気が紛れているけど、あの人達はどんな小さなことでも知りたいのさ」

そう言うと林は窓の外へと視線を移した。

ゲートをくぐり国道に出る。先ほどよりは幾分マシだが、相変わらず渋滞だ。高橋が車の外の景色を見て呟く。

「思ったほどじゃないですね……」

「道路脇の電柱見てみろ」林の言葉で高橋は電柱に視線を向けた。

「曲がっている……　それもひどく……」

「電柱だけじゃない。道路もひび割れている箇所がある。この渋滞は道路のひび割れを避けながら運転しているからだ」

林達は、普段なら泉インターから事務所まで十五分ほどの距離を、一時間近くかかって事務所にたどり着いた。

林はドアを開けるなり、高橋の五年先輩、橘綾子に向かって声をかけた。

「橘、無事だったか」

ちょうどドア前で片付けをしていた橘は、手を止め立ち上がると、

「お疲れ様です。私は無事でしたけど……　事務所はご覧のありさまです」そう言いながら事務所の中がよく見えるようにと体をずらした。

林が言葉を発するより早く、後から覗き込んだ高橋が「ひどい……」と言ったきり、そのあとの言葉を飲み込んだ。

事務所には個人の机が四台置いてある。その四台の机すべての足が根元から折れてひっくり返っていた。当然すべての机の上にあるデスクトップパソコンも床に散乱している。

先にパソコンが落下し、そのあとに机の足が折れてパソコンの上に落下したのだろう、四台中三台のパソコン

の画面が割れていた。

「パソコン、ダメそうですね」と高橋が言うと、

「画面が割れている三台は電源が入っても画面は黒いまんま」

橋はそう言ったあとに、今度は林に向かって、唯一画面が割れていないパソコンを指差しながら言った。

「画面が割れていないこの一台は普通に使えるようです。データに関しては普段からすべてストレージにバックアップをとっているので大丈夫です。今、事務所で使えるパソコンは、この一台と、林さんが持ち歩いているノート型の二台だけです」

林は大きく息を吐いて、目の当たりにした事務所の惨状に、滅入ってくる気持ちを抑えつけた。

「そうか……　でも、誰も怪我がなくてよかったよ」

そう言ったあとに、「ところで、女川営業所の様子は何かわかるか」と続けた。

「私も心配で、地震が収まってから、林さん達や、女川営業所等に代わる代わる電話をしていたのですが、どこにも繋がりません」

ハルプランニングは、女川原子力発電所の啓蒙キャンペーンを始め、町の一大イベント「おながわサンマ収獲祭」等を数多く手がけるようになった一九九〇年代後半から女川に拠点を設け、商工会にも属しながら町の一企業としてとけ込んでいた。

「津波は大丈夫だろうか。みんな、無事だといいが……」

林は、女川の海に沿って構成された町並みを思い浮かべながら胸中で呟いた。

しかし、この時点では、まさか女川町が二〇メートルを超す大津波に襲われているとは夢にも思っていなかった。

「みんなもそれぞれの自宅の様子が心配だろう。今日はもう帰っていいよ。高橋、会社の車を使っていいので橋を家まで送ってやってくれ。明日以降はしばらく自宅待機だ。今は非常事態だ、それぞれ家族、家庭の事を優先してくれ。こんなんじゃ当分仕事にならないさ」

「わかりました。ありがとうございます」と橋と高橋が応え、全員自宅に帰ることになった。

「とりあえず、電話、メール、携帯のどれかが使えるようになるまでは、自分達の都合を優先させてくれ」と林が念押しする。

「それではお先に失礼します」と出て行く二人を見送り、ガスやブレーカーを確認した後、林も自宅へと向かった。

しかしそこで、今回の震災の重大さを各々が知ることになる。


「こちらはＴＢＣラジオ……　本日、午後二時四十六分に東北沖を震源とするマグニチュード九・〇の巨大地震が発生。宮城県沿岸部では一〇メートルを超える津波に襲われたとの情報があります。また、仙台市若林区の荒浜地区には二百体を超す遺体が浮いているとの情報もあります……」

放送局自身が被災し、ほとんどが伝聞情報だったが、初めて聞く衝撃的な言葉の数々は、聞く者に暗澹《あんたん》たる想いを抱かせるには十分すぎる内容だった。

2

二〇一一年三月下旬、林ほか社員それぞれの自宅は、いまだ電気もガスも水道も不通だったが、仙台市中心部や、ハルプランニングがある泉区の一部のみは、かろうじて電話と電気が通じるようになっていた。

ハルプランニングの面々は、電話が通じるようになったここ数日前から、全員で事務所の片付けをしている。

「もう、これも捨てちゃいますよ」

高橋が、腕のとれたサンダーライガーのフィギュアを林に向けた。

サンダーライガーは、一九七一年からシリーズ化されている特撮テレビドラマで、ハルプランニングは、二〇〇五年まで東北地区のサンダーライガーショーの制作を請け負っていた。

「あっ、ちょっと待ってくれ」

林は慌てて高橋に駆け寄った。

「いるんですか。体も裂けちゃっていますよ」

よく見ると、何かに押しつぶされたのだろうか、体も裂けている。

「高橋にはわかんないだろうが、これは、俺にとっては大切なものなんだ。腕が出てきたら拾っておいてくれ」

そう言うと、片腕のないサンダーライガーのフィギュアをタオルで拭いて自分のノート型パソコンの隣にそっと置いた。

午後になっても、相変わらず事務所の片付けに追われているハルプランニングに、新潟の広告代理店より三月十一日の企画コンペを受注したとの報告が入った。

「林さん、桜井です。この度は大変なことになってしまって……　何度も電話したのですが、まったく繋がらず今日になってしまいました。すみません……」

「私達もどこにも連絡ができませんでしたから。電話が繋がるようになったのもつい最近です。皆さんに心配していただいておりましたが、ハルプランニングは人的被害がありませんでした。ただ……」

林はいくぶん逡巡する気配をみせたあとに続けた。

「女川営業所が壊滅でした。幸いスタッフは町外にいたため無事でしたが、建物はすべて流失してしまいました。残念ながら大家さんご家族をはじめ、取引先、友人が、多数亡くなりました」

「そうですか……」

桜井は、なんと答えて良いのかわからず林にかける言葉をさがす。

今まで幾度となく挑戦してきた案件でコンペに勝ったとはいえ、誰もが経験したこともないような震災にみまわれた林達に、嬉しさをぶつけて良いのか桜井は迷っていた。

桜井がためらっていると、林が明るい声で言った。

「ところで桜井さん、何か他に用事があったのじゃないですか。先日のプレゼン結果が出たとか」

林から切り出してもらったことに安堵しながら、「実はそうなんです。今回の案件、林さん達のおかげで受注することができました。本当にありがとうございます」

桜井は一息にしゃべると、電話の向こう側に意識を集中した。

「おい！　みんな、新潟、受注したぞ！」

林の声に二人の顔が輝く。

「本当ですか！」

「本当だ。今、桜井さんから聞いたところだ」

「すごい！」

高橋は両手を胸元で握りしめた。

「林さん、まだ電話繋がったままなんじゃないんですか」と窘める橘の顔も嬉しさでいっぱいだ。

林は、橘の指摘で慌てて電話に戻った。

桜井に聞こえてきたのは、林の嬉しそうな声だった。

外見は一見武骨だが、林には気の優しいところがある。

それは桜井に気を使わせないようにしている林特有の優しさかもしれなかった。

「ありがとうございます。これからよろしくお願いします。細かいことは後ほどメールでご連絡します。取り急ぎ、コンペ結果のご報告とお礼を早く伝えたくて電話しました」

「ありがとうございました」と桜井に礼を述べ、スマホの通話終了ボタンをタッチした。

電話を切り、林は、橘と高橋に向かい、

「こんな状況でなんだが、俺達の企画だ、最後までやり通そう」

「五ヶ月のロングランですよね。開催初日は予定どおりですか」橘が聞いてきた。

「ああ、予定どおり、開催初日は四月二十三日、土曜日だ」

「一ヶ月もないですね」と言った高橋に大きく頷き、林はさらに続ける。

「まずは出演者と各業者に連絡だ。それと、早々に一旦新潟に行く。高橋、また同行してくれ」

「はい。でも林さん、ガソリンどうします」

震災以降、被災地ではガソリンの供給が追いつかず、ほとんどのスタンドが開店休業の状態だった。稀にガソリンが入荷しても一台につき一〇リットル等の制限がつけられており、ガソリンを求めて三キロ以上も車が並ぶことはざらである。被災地ではガソリンの確保が難しい状況だ。

一瞬思案した林は、

「山形まで行ければ何とかなるだろう。橋、待っていろ、こっちじゃ手に入らない野菜や果物、肉類を山ほど買って来るからな」と橋に向かい笑顔で言った。

「女川の人達の分もお願いします」

そう言うと、橋はぺこりと頭を下げた。

橋は、比較的電話が繋がるようになってから、営業所のあった女川町の人達と連絡をとり合い、避難所で不足しているものを仙台から運んでいた。しかし、仙台とはいえ、同じ被災地、沿岸部より幾分マシというだけで、手に入るものにも限りがある。

そんな時の新潟行きである。林は大きくうなずき、

「まかせろ。車に積めるだけ買って来るさ」

山形までは車で一時間程度。そこまでならガソリンの消費も少ない。あとはひたすら一般道を南下して新潟に入る。山形、新潟は、物流もガソリンも震災前と変わらず供給されていた。

林はそのルートを使おうと考えていた。

3

福島DCプレキャンペーンの仕事はすべて中止になったが、新潟の受注が決まり、林達は四月二十三日から始まる新潟の準備や、相変わらず進まない事務所の片付けに忙殺されていた。

まもなく新潟の現場が始まろうとしていた四月中旬、事務所に一本の電話がかかってきた。

「はい。ハルプランニングです」

心なしか電話に出る高橋の声も明るい。

「そちら、サンダーライガーのショーをやっている会社ですよね……」

「サンダーライガー……」

高橋は、なんで今頃と訝しがりながらも、少々お待ち下さいと言って、林に顔を向けた。

「林さん、サンダーライガーの件で電話が入っているのですが」

「サンダーライガー?」

林達ハルプランニングは、六年前までテレビの特撮番組サンダーライガーのショー制作を、東北各地で実施していた。電話は、そのことを知る誰かからであろう。

林は、「わかった」と一言応え、高橋と同じことを思いながら受話器を手にした。

「電話代わりました」

「サンダーライガーショーの件で電話したのですが…… 電波が良くないので途中で切れたらすみません」

「はい。構いません。ただ、ウチはもうサンダーライガーのショーはやっていないんです。六年前に会社の方針でキャラクターショーは一切やめたんです」

電話の主は「そうですか……」と言って押し黙る。かすかに電話の向こうの喧騒が聞こえて来るので繋がっているのはわかる。

やがて、

「もし、そうだとしても、ここしか連絡するところがわからなくて……」と消え入るような声が聞こえてきた。

林は、あえて元気な声で尋ねた。

「そうですか。それで、サンダーライガーがどうしました」

電話の主は、避難所からの電話であること、来月五月五日のこどもの日に避難所の父親達が中心になって、子ども達向けのイベントを避難所で企画していること。親達がイベントに向けて子ども達の希望を聞いたところ、サンダーライガーに会いたいという意見が、男の子だけでなく、女の子からも多く聞かれたこと、ついてはサンダーライガーの慰問ができないだろうか……

という内容を訥々《とつとつ》と語った。

「お話はわかりました。実現できるかわかりませんが、そういうことでしたら全力を尽くして交渉してみます」

「本当ですか！　ありがとうございます！」

先ほどとは打って変わって元気な声が響いてくる。

林は幾分慎重になり、

「実現できるかまだわかりません。正直難しいかもしれませんが、やれることはやってみます。結果はどちらに連絡すればよいですか」と続けた。

林はその男性の携帯番号を聞くと、受話器をおいた。顔をあげると心配そうに林を見つめる橋と高橋の姿が目に入った。

「今の電話って……」

心配顔をしたまま橋が尋ねた。

「来月のこどもの日にサンダーライガーの慰問をして欲しいって、避難所からの電話さ」

わざと何でもないように呟く林だったが、その困難さを一番知っているのも林だった。

「今週末から始まる新潟の準備は頼む。俺はライガーの件を交渉してみる」

「交渉って、どこに……」

六年前、キャラクターショーから撤退するとき、決して円満撤退ではなかったことを知っている橋は心配そうに尋ねた。

「まあ、順当にいけば、古巣の東北地区の代理店だよな……　でも、あれからまだ一ヶ月だ。あっちも大変だろう。ダメもとで本社に直接連絡してみるよ」

「大丈夫ですか……」

不安げに高橋が尋ねた。

高橋が入社した頃にはサンダーライガーの制作はやめていたが、それでもまだ事務所の中にはその時の名残がそこかしこに残されていた。

「佳奈ちゃん、サンダーライガーの件は林さんに任せて、私達は新潟の準備をしましょう」

高橋は、橘に促され、「そうですね」と、気持ちを切り替えて作業に戻った。

二人に「頼む」と告げて、林はスマホの住所録から本社の代表番号を呼び出し、逡巡することなく、六年ぶりにサンダーライガーを扱っている本社へと電話をした。

「仙台のハルプランニングの林と申しますが、サンダーライガーの東北地区担当者に繋いでいただけますか」

電話に出た女性オペレーターが「少々お待ちください」と言うと、受話器から、サンダーライガーのインストを保留音にしたメロディが聞こえてくる。嫌でも現役時代の情景が浮かんでくる。楽しかったこと、辛かったこと。

電話が切り替わる音とともに、林は現実に引き戻された。

「お待たせしました。東北地区担当の加山です」

「実は、サンダーライガーの慰問の件でお電話したのですが……」

「慰問？　それはどこかスポンサーがついてということですか？」

「いえ、まったくのボランティアで……　被災地の子ども達のために慰問に行っていただけませんか」

加山は、ひとこと唸ったあとに続けた。

「お気持ちはわかりますが、私達もこのような大規模災害を体験するのは初めてのことで、正直、全国のゴールデンウィークのスケジュールの組み直しや撮影スケジュールの変更等、こちらでしかできない業務が山積みで、他のことに割く時間がありません。仙台にウチの代理店があるので、そちらにかけていただけますか」

「そうですか……　わかりました。ありがとうございました」

電話を切った林の胸の中に、やっぱりな……　とやりきれない想いが充満してくる。

「んじゃ、古巣にかけますか」ひとりごちて、東北地区代理店の電話番号を押す。

数回の呼び出し音の後、電話が繋がった。

「ハルプランニングの林と申しますが」

「林って……　林さんすか。なんすか今ごろ」

こいつの口の悪さは昔から変わんないなあ……　と心中で思いながらも、昔、後輩だった武田が出たことに幾分胸をなでおろした。

「なあ武田、サンダーライガーのキャラ、一体貸してくれないか」

電話を取ったのが後輩だった気安さから、林は単刀直入に聞いてみた。

「なんすか突然。そんなのいいわけがないでしょ。六年前ならともかく、林さん部外者ですから」

「そこをなんとか。頼む。社長に話すだけ話してみてくれないか」

「あの社長が、そうか、わかったって言うと思いますか？　言うわけないでしょう。そんなの俺より林さんの方がよっぽど詳しいでしょう」

脳裏に六年前の出来事が蘇ってくる。

林は苦笑して、「それもそうだな。ならお前達で、サンダーライガーとして、避難所の子ども達の所に慰問してやってくれないか」と言った。

「経費は誰が出すんですか」

武田は、さも当然のごとく質問を返した。

林は言葉に詰まりながらも、

「ボランティアとして何とか行けないか……」そう言った。

突然沈黙する電話。

かすかな息づかいは聞こえている……

林は沈黙する電話に向かって、避難所からの電話の件、子ども達の願いを叶えてやろうと必死になって駆け回っている父親達のことを熱く語っていたが、話を遮って武田から出た言葉は、林を落胆させるのに十分であった。

「林さん、いい加減にしてくれませんか。昔の先輩だと思って電話も切らずに聞いていましたが、無理なものは無理なんすよ。被災者、被災者って言いますけどね、沿岸部だけが被災者じゃないんすよ。一年で一番かきいれ時のゴールデンウィークのショー、全てキャンセルっすよ。一体いくらの損失になるのか、林さんなら想像つくでしょう。こっちも被災者なんすよ」

武田の言うこともわからないでもなかったが、武田の最後の一言、

「こっちも被災者なんすよ」を聞いた瞬間、林の何かが外れた。

「お前な、キャラショー中止で人が死んだか！　家を失ったか！　ばかやろー！　こっちは人が死んでんだよ！」と言うや、林は思いきり電話を叩き付けた。

途中から林の様子を見守っていた高橋が、「終わった……」と椅子の背もたれに体を預け天井をあおぐ。その隣で橘は深いため息をついた。

林は、今しがた自分が叩き切った電話をしばらく見つめていたが、おもむろに手にした物をゴミ箱に叩きつけ、何かを振り切るようにドアへ向かった。

ドアノブに手をかけ、橘と高橋に背中越しに、「すまん……」と一言いい残し部屋を出て行く。

出て行った林を気にしている高橋に橘が声をかけた。

「私達は私達の仕事をやりましょう」

高橋は、「はい」と返事をすると、橘に前々から気になっていたことを思い切って聞いてみた。

「どうして林さんは、サンダーライガーの制作をやめちゃったんですか？」

橘は「そうねえ」と言って、記憶をたどった。

「いろいろあったけど、一番の問題は、林さんの体力の衰えと、他の業務が忙しくなったことかな。あの頃、企画の仕事がすごく忙しくて、リハーサルに出る時間もままならない程だったの。トレーニングも満足にできなくて、リハーサルも不十分。それでは思うようなショーができるわけがない。林さんはそのことで、自分自身を許せなかったんだと思うの。それで、代理店にサンダーライガーの制作をやめさせてくれって……　でも、代理店はそれを許さなかった」

「どうしてですか？」

「ゴールデンウィークや正月、お盆時期などの繁忙期には、各社一日で二〇チームくらい作らないといけなかったの。それこそ古いキャラクターまで総動員して売れるものはなんでもって感じで……　それなのに、うちが制作を辞めたら大変だよね……」

高橋は話の行き先が見えてきて、コクリと頷いた。

「林さんは、それならば、せめて需要と供給のバランスをとるように代理店に求めたの……　それが生意気にみえたのかな？　それが元で大げんか」

そう言うと、橘はにっこり微笑んでカウンターの上に置いてあるフォトフレームを手にした。

「この頃が一番楽しかったんじゃない。みんなすごくいい笑顔」と言って手にしたフォトフレームを高橋に渡した。

フォトフレームには、まだ三十代前半の林達が、マスクを取った姿の満面の笑みで収まっていた。

「佳奈ちゃん。仕事に戻ろう」

橘に促され仕事に戻る高橋が、橘に目を向けると、その手にはゴミ箱から拾った腕のないサンダーライガーが握られていた。

「橘さん……」

「きっといつか林さん後悔するから。それまで私が預かっておく」とにっこり微笑む。

「すみません。私の力不足のせいで……」

事務所裏、七北田公園の河川敷をスマホ片手に林が歩いている。震災から一ヶ月と少し、内陸の公園だからだろうか、見る限りではあの忌まわしい震災が起きた場所とは思えない。

電話の相手は、先日サンダーライガーの慰問の依頼をしてきた男性であった。

「そうですか……」

その声に、うなだれた男性の姿がいやでも目にうかぶ。

「でも、まだはっきり決まったわけじゃ……」スマホに向かってそこまで言ったとき、突然電話が途切れてしまった。

「もしもし！　もしもし！」呼びかけても相手の電話は沈黙したままだ。

「くそ！」

意図的に切られたのか、それともバッテリー切れか、また別の原因か、判然としないまま何もできない自分自身に、どうしようもない怒りだけがわき上がってくる。

顔をあげ、陽春の光に目を細めると、遠くに給水車と給水を待つ人の列が見える。内陸の仙台市内でも、未だ水道の復旧していない場所がたくさんある。電気は比較的早く復旧したが、ガスと水道はまだまだ復旧の目処さえ立っていないところも多い。

林が事務所に戻ると、橘から一冊の書類を差し出された。

「今週末のマニュアルです。漏れはないと思いますが、一応、林さんも目を通していただけますか」

高橋も、「今週末ですからね」と念をおす。

「ああ、そうだな。すまん」と一言そう言い頭を下げた。

そうだ、立ち止まっていちゃいけないんだ。林は心の中で強く反芻し、マニュアルをめくっていたが、突然、何を思いついたのか、高橋に尋ねた。

「高橋、現地でのスタッフはどうなっている」

林達の企画では、専門スタッフの他に、各セクションの受付業務などで、一日二十人程度の女性スタッフが必要となる。前回の打ち合わせでは、新潟市内の派遣会社に依頼することにしており、すでに発注書も提出していた。

派遣会社からのメールを確認しながら高橋が応えた。

「昨日の段階でマイナス四名です。当日までには間に合わせるとメールには書いてあります」

「よし、わかった。派遣会社には十六名でいいと伝えてくれ。もし、マイナスが埋まっていたらそれはそれでいい。ただ、今回のスタッフは、こっち、仙台からできるだけ連れて行きたい。来週以降は申し訳ないが、キャンセルさせてもらう」

「宿泊費や交通費を考えると、多少人件費が高くとも現地の派遣会社を使った方が断然安く上がりますよ」と幾分不満気に高橋が言った。

林は高橋の言葉に頷くと、「そのとおりだ。今、七北田公園を通ってきたら近くに給水車が止まっていた。震災から約一ヶ月が経過したが、復旧にはまだまだ時間がかかる。ガスなんかは復旧の目処さえ立っていない。お前達だって大変だろう。風呂はどうしている。震災前は毎日入っていた風呂にも、今はあたりまえに入れない。こっちの人間はみんなそうだ。でも新潟のインフラは震災前と何も変わっていない。被災地のみんなに手を差し伸べるのは無理だが、せめて周りにいる仲間にだけでも手を差し伸べようじゃないか」とそこまで一気に話すと、橘と高橋の顔を見て、

「みんなで働きながら、新潟の風呂に行こう！」と続けた。

「そこですか！」と高橋が驚くと、隣で橘が「お風呂って……」と絶句した。

ギャグなのか本気なのかわからない林の、「みんなで新潟の風呂に行く」宣言を受け、橘と高橋は、震災前からハルプランニングでイベントスタッフとして働いていた者達に声をかけ始めた。

定員はすぐにいっぱいになった。やはり若い女性達、お風呂の魅力は絶大だった。

そして、その運営スタッフの中に、この物語の中核をなす一人の女性がいた。

一条正美、二十五歳。

彼女はサンダーライガーの対局をなす特撮番組コスモエースの現役MCであった。一条は、ハルプランニングがサンダーライガーの制作を止めた後、知人の紹介でイベント制作スタッフとして不定期で働いていた。

第二章　挑戦

1

新潟での初日　四月二十三日　土曜日
「おっ、一条。風呂行ったか」

宿泊先のホテルのロビーで一条に声をかけたのは、初日のイベントが終了し、念願の銭湯に浸かり、さっぱりした顔でホテルに帰ってきた林だった。

「はい。いただきました。ありがとうございました」

「よし。じゃ、さくっと飲み行こう。お前等は、明日現場が終わったら仙台にまっすぐ帰るのだろう」

「はい」と答えた後、幾分逡巡したが、「この後、莉奈ちゃんと約束していたので、莉奈ちゃんも誘っていいですか」と言った。

「もちろんだ」

林の答えを聞いて、「ありがとうございます」と笑顔を見せた。

一旦それぞれの部屋に戻り、ロビーに再集合したのは午後七時過ぎのことだ。

新潟駅前の繁華街を歩き、店員の「席ありますよ。どうぞ」の声に導かれ、三人は今、小さなテーブルを囲んでいた。

「今回、仙台からスタッフを連れて来たのは、みんなを風呂に入れてやりたいって林さんが突然言い出したからって本当ですか」

〝ぷっ〟と思わず吹いてしまったのは、鈴木莉奈。一条の高校からの友人だ。

生ビールで乾杯した後、突然一条に話題をふられた林は苦笑いしながら、

「給水車のおかげさ……」と呟いた。

「ふーん。給水車ねえ……」と二人は腑に落ちない顔をしている。

そこで突然、一条が話題を変えた。

「莉奈、林さんってサンダーライガーだったんだよ」

鈴木の顔に近づき囁くように耳打ちする。耳打ちといっても隣にいる林の耳にも十分届くのは計算のうちだ。

〝ぶっ〟今度は林が吹き出す。

「突然なんなんだ」

「サンダーライガーって特撮番組の……」

「そう。でもテレビじゃなくて、東北地区の遊園地やデパートの屋上とかでショーをやるスーツアクターだったの」

「へえー」

林を見ながら、鈴木は驚いた表情を見せた。しかし、目は絶対〝無理〟と語っている。

林は豪快に笑うと、「鈴木、疑っているな」と言った。

「林さん、いま体重何キロあるんですか」

「八八キロ」

さらに小声で一応ぼそっと付け加えた。

「現役時代は今よりだいぶ痩せていた……」

一条と鈴木は、取って付けたような林の態度に、顔を見合わせて二人で吹き出した。

「私達の前で高橋さんは、林さんのことを〝クマ吾郎〟って呼んでいるけど、林さんのサンダーライガー、すごかったんだよ。もう動きがキレキレで。かっこよかったなあ……　今は見る影もないけど……　あっ、すみません」とぺこりと頭を下げると、一条と鈴木は顔を見合わせ二人で笑った。

キャラクターは違えど、同じヒーローショーに現役で携わっている一条は、サンダーライガーをはじめ、ヒーローショーのネタは尽きることがない。時間も忘れ、鈴木に身振り手振りで、「聞いた話だけど……」と注釈をつけながら林や先輩アクター達の武勇伝を聞かせていた。

〝ダン！〟

林がテーブルにおいた空のジョッキの音に驚く二人。

それに気がつき林が慌てた。

「すまん。考え事をしていたら力の加減を間違えてしまった」

「もおー、びっくりしました」と一条と鈴木が笑顔で応じた。

林は強引に話題をそらした。

「ライガーの話はおしまい。それより久しぶりだったろ、お風呂」

「お湯に入ったのなんて何日ぶりかもわかりません。最高でした」と鈴木が言った。

どうして急に……　サンダーライガーを演じていたことは林さんの誇りのはず……　なぜ……

唐突に話を打ち切られ、話題を強引にそらされた気がした一条は、林に軽い違和感を覚えながらも笑顔で応じた。

「ほんとう。気持ちよかったです」

その後、林は完全に聞き役に廻っていた。飲んでいる物も、いつの間にかビールから日本酒へと変わっている。

一条と鈴木のあたり障りの無いガールズトークを聞きながら、熱燗の杯を重ねていく。

普段からよく飲む男ではある。

しかし、手酌で黙々と熱燗の酒を酌《く》む姿は、何か怒りのオーラを纏い、そして、何かを忘れようとしているようでもあった。

「林さん、大丈夫ですか」

見かねて一条が声をかけた。

「大丈夫だ」と答える林の呂律もだいぶ怪しくなってきている。

「サンダーライガー、何かあったんですか」

一条は、先ほどから胸にわだかまっていたものを思い切って林にぶつけてみた。

「しらねえよ」

林のいくぶん棘を含んだもの言いに、鈴木が心配そうな顔で二人を見つめた。

「しらないって……　あんなに誇りにしていたじゃないですか」

林の脳裏に現役時代の言葉が蘇る。


〝いいか、俺達は地方アクターだが、子ども達はテレビヒーローが目の前に来ていると思って見ているんだ。絶対に手を抜くな。ショーが始まったら最後まで、何があっても演じきれ。テレビは失敗すれば録り直しができる。納得いかなければ録り直しができる。だけどライブで演じる俺達にはやり直しはできない。失敗は許されない。しかしな、テレビのアクターじゃ絶対に見られないものを俺達はライブで見られる。それは、子ども達の生き生きとした笑顔だ！　さあ、プライドを持って今日も演じようぜ〟

「くっ」

林は、脳裏に浮かんだ言葉を打ち消すように杯を重ね、

「俺のサンダーライガーは死んだんだよ……」そう呟いた。

「林さん……」

心配そうに林を見つめる二人。

林はやがて、ポツリポツリと語り出した。

「この震災で……　この津波で……　避難所に避難している子ども達が宮城だけでも大勢いる。ここ新潟から

仙台まで直線距離で約二六〇キロ……　沿岸部までだって三〇〇キロ程度だ。たった三〇〇キロしか離れていない地で、子ども達は家を失い……　親を失い……　流す涙さえ枯れてしまい、打ちひしがれている……」

林は、避難所からきた電話のことを一条と鈴木に語り始めた。

震災直後は生きること、家族を守り、生活の立て直しに必死だった大人達は、子ども達に目を向ける余裕など無かったに違いないこと。

震災から一ヶ月が過ぎ、子ども達に目を向けたとき、発せられた言葉が、「サンダーライガーに会いたい」だったこと。

その子ども達の言葉を実現させるために避難所の大人達が動いたこと。しかし、その想いはついに叶わなかったこと等々——。

その言葉は、林の胸の内に溜まっていた怒りをさらけ出すかのようであった。

「震災以降、子ども達だって、大人が自分達を守ろうとして、必死に戦っているのを感じていたはずなんだ。だから子ども達なりに、我慢に我慢を重ねてきた中での声だと思うと……　どうしても実現してやりたくてな……」

二人は、手元のグラスに視線を落とし、林の話を息を詰めて聞いていた。

林の話が終わり、一条もまた、キャラクターショーに携わる人間として、怒りと悔しさを唇を噛み締めることで抑えていた。

唐突に鈴木が、「みんなで募金を集めて、お金を払ったら文句はないいんじゃないんですか」と至極全うな意見を言った。

林は空になったお猪口を見つめながら応えた。

「そうだな。この宮城でのキャラクターショーの正規料金が六十五万円。それに交通費、音響機材費を入れたら一回あたり、七十万から七十五万円がかかる。ライガー一体しか動かない握手撮影会だけでも三十五万だ。一ヶ所、二ヶ所なら、みんなで募金したら行けるだろう。しかし、宮城県内だけで避難所はいくつあると思う。ここには行ったけど、隣は行かない。そうなったら、行けなかった避難所の子ども達はかわいそうだろう。かといって、県内全域の避難所を廻るだけの募金を集めるのは現実的じゃない。もしかしたら、僕のところにも、私のところにもと、福島県や岩手県の避難所の子ども達も声を上げるかもしれない。とうてい無理な話だ」

林の言うことは、鈴木の意見にもましてもっともなことであり、募金をしてサンダーライガーで慰問するには、この震災はあまりにも被害が大きすぎた。

さらに何か言いたそうな鈴木を後目に、一条がひときわ大きな声で言った。

「だったら作りましょうよ！　版権にとらわれない、私達で自由に動かせるヒーローを！」

「えっ」

一条の全く予期しない言葉に林は驚き、言葉をのんだ。

「わあ、素敵！」と鈴木が目を輝かせる。

なおも一条は続けた。

「ねえ、林さん。林さんにはキャラクターショーの世界で三十年近く過ごしてきたノウハウや人脈もあるでしょ。私だって現役のコスモエースのMCですから、やれることはたくさんあるはず。サンダーライガーやコスモエースに負けないヒーローをつくりましょうよ！　そうすれば、会いたいという子ども達がいれば、何度でも、どこにでも行ける」

「正美、グッドアイデア！　私もやる。何が出来るかわからないけど手伝う」

「林さん、莉奈は裁縫が上手なんですよ。前にコスモエースの下面を作ってもらったことがあるんですけど、アクターの人達からすごい評判よかったんです」

「えっ、下面ってなに？」鈴木が聞いた。

「ほら、黒い袋を逆さまにしたものを顔の出るところを切り抜いて、肩紐をつけてもらったことがあったでしょ」

「あー、あのもじもじ君の頭だけみたいなやつー！　あれ、下面っていうんだ！」

「そうそう」

「はははは……」

先ほどの暗い雰囲気を吹き飛ばすような二人の笑い声だ。

その二人の笑い声を聞きながら、林はあの日以来、自分の胸の中にわだかまっていた靄が晴れて行くのを感じていた。

「俺達のヒーローか……」

「違います！　子ども達のヒーローです！」

一条がすかさず訂正する。

「ああ、すまん。そうだったな。一条、いいよその案。よし、やろう！」

「それじゃ、ここからは、新しいヒーローをつくる会として、カンパーイ！」

鈴木の音頭で仕切り直した飲み会は、店の従業員から閉店の声がかかるまで続いた。

新潟での二日間の現場が終わり、林と高橋を除いた制作スタッフ達は一足先に仙台へと向かった。ハルプランニングからは橘が同行していた。

林と高橋は翌週の打ち合わせのため、この日はもう一泊、新潟に泊まることになっていた。

金曜日に新潟に入り、土日の本番を経て、月曜日に翌週の打合せをしてから仙台に帰る。

本来なら、金土日月と新潟で、火水木が仙台、この生活が五ヶ月間続くことは過酷だったのかもしれない。しかし、インフラが寸断され、仕事も止まった林達にとって、没頭できる仕事があることは何よりありがたいことだった。

2

新潟での仕事三日目。四月二十五日　月曜日
仙台に帰る月曜日、週末の打ち合わせを午前中にすませ、林と高橋は高速道路脇の亀田にある大型ショッピングセンターにいた。
「なあ高橋、こんなにショッピングカートが必要か……」
林は大型のショッピングカートを二台押しながら高橋の後ろから声をかけた。

「なに言ってるんですか、これでも全部入らないんですよ」

高橋の前にもやはり大型のショッピングカートが並んでいる。二人揃って四台のショッピングカートを、二列縦隊で押しながら生鮮コーナーを進んでいるのだ。

野菜や生活必需品等で林のカートが二台ともいっぱいになったころ、突然、後から声をかけられた。

「ちょっと、あなた達、テレビのニュースを見ていないんですか」

林がその声に振り返ると、林と同年代か、もしくはもう少し上の女性が仁王立ちで林を睨んでいた。

なぜ声をかけられたのか、なぜ自分が睨まれているのかわからず、困惑して高橋を見ると、そっちは任せたと言わんばかりに何食わぬ顔で買いものを続けている。

どうしてこの女性が怒っているのか、なぜ自分が見ず知らずの女性にとがめられているのか、まったくわからない林である。女性は、困惑している林に追い打ちをかけるようにさらに続けた。

「今、被災地では、食べるものにも不自由して暮らしている人達がたくさんいるんですよ。それなのに買い占めなんて、恥ずかしくないんですか！」

林は新潟のホテルで見たワイドショーを思い出した。テレビのコメンテーターが、飲料水をはじめ、トイレットペーパーや乾電池、カップ麺等の買い占めが社会現象にまでなり、それに警鐘をならしていたことを。

林はおもむろに財布から免許証を取り出して、仁王立ちの相手に見せながら言った。

「すみません。この食料品や生活用品は、避難所で待っている方々から頼まれた物なんです。幸いにも私は、仕事の関係で週の半分を新潟で過ごしています。ですから、被災地に戻る前には、買えるだけ野菜や肉類、果物等を買って帰らなくてはならないんです」

林の話の途中から、相手の女性の表情がどんどん変わっていく。最後には林が恐縮するほど詫びてきた。さらに、いつの間にやら側にいた高橋と買いもののリストを眺めながら、「この商品はアッチにある」「これはあそこ」と二人の買いものを先導し始めた。

そして極めつけは、この女性自ら、他の買い物客とすれ違う度に、「この方達は、被災地からいらしているのです。決して買い占めではありませんからね」とインフォメーションしてくれている。

林は、この新潟の女性のインフォメーションを聞きながら、自分の心が温まっていくのを感じていた。

林と高橋は、新潟での買いものを終え、仙台への帰路についた。

夕方、仙台の事務所に着くと、「おかえりなさい」と出迎えてくれた橋が、「これ見てください」と指をさす。見るとそこには山積みされたダンボールがあった。

林は、「どうしたのこれ」と橋に聞いた。

「靴です。全部空けてみましたけど、ほとんど使ってないような新しい靴がこんなにたくさん。大人用だけでなく子ども用の靴もたくさんあるんです。新潟の桜井さんが、被災地以外の全国の支店に話をして、集めてくれたんです」と嬉しそうに報告する。

前回、林が女川に行ったときに、商工会青年部から避難所で困っていることのひとつに「靴がない」というのがあった。

林達は早速、今まで付き合ってきた代理店や制作会社等に、余っている靴があったら送って欲しいとお願いしていた。

「そうか。桜井さんが…… 今日も午前中打ち合わせで一緒だったのに、何も言わず影でいろいろ協力してくれていたんだな。本当にありがたい。まずは明日、今日買ってきた食料品を届けてくるよ。この靴は第二便だな」

ここ数日、殺伐とした気持ちをかかえていた林だったが、ショッピングセンターといい、靴の件といい、久しぶりに人の温かさにふれた思いがした。

3

宮城県　四月二十六日　火曜日
女川に食料を運んだあと仙台に帰る途中、林の携帯が鳴った。車を路肩に停めスマホを取り出すと、液晶には一条正美の文字が写し出されていた。

「はい。林です」

「一条です。今、大丈夫ですか」

「大丈夫だよ。どうした」

「今夜、時間がありますか？ 私、この間の新潟での話、すごく興奮しちゃって、仙台に帰ってきてからすぐに先輩や後輩達に話したんです。そうしたら、みんなもすごく賛同してくれて、一緒にやりたいって言ってくれたんです。きっと他にも賛同してくれる人達が出てきますよ。林さん、きっとできますよ！ 私、本気ですから。それで、今夜、林さんにその先輩と後輩達を紹介したいんです。時間大丈夫ですか？」

あまりの一条の勢いに、一条の想いに、林はすぐには言葉が出なかった。

「林さん！　林さん！」何度目かの呼びかけに、「ああ、大丈夫だ」と言うのが精一杯だ。

林は、通話を切ったスマホを握り締めたまま呟いた。

「アイツ……　本気だったんだ……」

新潟でのあの日、盛り上がったのは、本気でヒーローを作ろうなんて考えていたわけじゃない。

自分が信じていたヒーローに裏切られた悔しさ、避難所の子どもを思う親達の気持ちに……

避難所で我慢を重ねている子ども達に……

何もしてやることができない自分の歯痒さ、もどかしさ、無力さへの苛立ちを隠すために、酒を飲んでごまかしたかっただけだ……

本当は……　この間の酒は良い酒だった……

それで終わるはずだった。

なのに、アイツは本気で考えていた……

嬉しさに思わず笑いがこみ上げてきた。

「おもしれえじゃん。一条、なら本気で付き合ってやるよ、ヒーロー作りに」

ここから林達の、ヒーローを作る悪戦苦闘のドラマが始まった。

第三章　発足

1

一条から会いたいと電話をもらったその夜。

仙台一の繁華街国分町虎屋横丁にある居酒屋〝斎太郎〟に、一条の先輩と後輩二人の四人がテーブルに座っていた。

一条以外の三人は、コスモエースの制作会社に所属しているため、林との面識はない。

「遅いな……」

言うともなしに一条の先輩が壁に掛けられた時計を見ながら呟いた。

時間は約束の七時から五分が過ぎている。店長の本田が、「先に飲み物だそうか。飲みながら待っていたら」と気を使って声をかけた。

本田は学生時代、キャラクターショーに青春を捧げた林達の後輩であり仲間である。林達も何か国分町で集まる時には、「本田の店で」が合い言葉になっている。

一条が、「ありがとうございます。でも、林さんを待っています」そう言ったとき、勢いよく林が入って来た。

「やあ、すまん！　すまん！　下で爺様に道を聞かれて、説明するより案内した方が早いと思って連れて行ってきた」

そう言うと、何も載っていないテーブルを見てすかさず、「生、五つ」と注文してから、あわてて「一条の後輩、未成年じゃないよな？」と確認した。

一条も、順番が反対と思いつつ、「大丈夫ですよ」と応え、続けてみんなの自己紹介をする。

「こちらが私の先輩で斎藤さん。いまは本業の傍ら、コスモエースでアクションやっていますけど、もともとは、プリティフラッシュなんかのメルヘンもの出身なんです」

「斎藤です。今回一条に声をかけてもらい、このプロジェクトのことを知りました。ぜひ、一緒にやらせてください」と頭を下げた。

「こっちの二人が私の後輩で、コスモエースの文字どおりエース級の二人。原田君と杉山君」

「原田です」

「杉山です」

いくぶん原田の方が年嵩のように見える。

その原田が、「俺達、等身大ヒーローは着たことがないので、勝手がわからないかもしれませんが、やる気だけは十分にありますのでよろしくお願いします」と意気込みを語ると、隣の杉山も大きく頷いた。

「俺の本業って、工事現場の重機に軽油を配達することなんですけど、あの日も丁度、亘理の方に配達に出かけていたんです。そしたらあの地震にあっちゃって……　とりあえず会社に戻ろうと車を走らせていたら、前方から津波が押し寄せて、夢中でUターンして高台に逃げたんです。もし、気づくのが遅かったら……　そう思うと恐ろしいですよね。でも、大げさなと笑われるかもしれませんけど、助かったのは、この震災で困った人を助けるためだと思っています。そして、このプロジェクトが俺の力が発揮できるものだと思うんです」

斎藤の言葉を皮切りに、みんな、それぞれの想いを言葉にして盛り上がる。

しかし林は、それぞれの言葉に耳を傾けながらも、どこか醒めた目で四人を見つめていた。

やがて四人は、一条の「そろそろ電車の時間なので……」の言葉で席を立った。

一条の自宅は柴田町の船岡にある。東北本線、宮城交通のバスを乗り継ぐため、仙台駅を午後九時台に出発する電車に乗らないと最終のバスに間に合わない。

「ここの支払いは俺がするから大丈夫」と林が言った。

四人は林に礼を言うと、次回の打ち合わせは林のスケジュールに合わせるので連絡くださいと、意気揚々と出て行った。

「林さん、どうしました」

一人になり、みんなの言葉を反芻していると、店の主人、本田が声をかけてきた。

「ああ、みんなすごいエネルギーだよな。このエネルギーがあれば何でもできちまうんじゃないかと思えるほどだ。志も高い。やる気もある。けどな……」

「志があって、やる気もある。いいじゃないですか。何がダメなんです」と本田が言った。

林はジョッキに残っているビールを一気に煽ると、「若いんだよ」と言った。

「えっ、若くていいじゃないですか」

林はカラになったジョッキを見つめながら続けた。

「本田、金だよ。これから俺達がやろうとしていることは、この経済環境がめちゃくちゃになった被災地でやるにはとてつもなく金がかかる。それも百万、二百万の話じゃない。普通に考えれば一千万単位の金がかかる。この金を用意するのには、今日のメンバーだけじゃダメだ。少なくとも俺と同年代の人間の力が必要だ」

「そうですよねえ……　金か……」

本田はそう呟いた後、天井を仰ぎ見た。

「よし、帰る。まずはお前もメンバーに入れ。金は俺達がどうにかしなくちゃならんだろ。若い奴らにはキャラクターのプロットやデザインなどやってもらうことはたくさんある。これからこの店が会議室になると思う。最後まで付き合えよ」

林はそう言うと、レジに向かって歩いて行った。

その後ろ姿に本田も、必ず実現しましょうね……　と心の中で語りかけた。

店を出て、時計を見ると十時半を過ぎた所だ。スマホを取り出し、しばらく逡巡していたが、一人の男の番号を呼び出し通話ボタンにタッチした。

林は、一条達の話を聞きながら、最初に頭に浮かんできた男に電話をした。

数回のコールで男はすぐに電話に出た。

「夜分に申し訳ない」

「珍しい。どうしました」

電話の相手は、サンダーライガーショーの後輩、児島秀雄であった。児島はキャラクターショーの世界では林の後輩になるが、年は林と同じ四十八歳だ。

以前はサンダーライガーの東北地区代理店の社員であったが、現在は、林と同じように企業のセールスプロモーションを企画立案している会社に勤めていた。

林は、避難所からの電話の件、ライガーの訪問が叶わなかったこと。自分達の手でヒーローを作ろうとしていること等々を簡潔に語った。

「つまり、俺にも金を集めるのを協力しろってことですね」

察しのいい男だ。

「それだけじゃない。ヒーローを作ってショーをやるとなると、楽曲が必要になる。それも、主題歌だけじゃなく、背景音楽、ブリッジ等に使うサウンドロゴも必要だ。SEも必要になるだろう。それをミキサーだった児島に任せたい」

ブリッジとは、劇中で場面転換時等に使用される短い楽曲であり、SEとは、サウンドエフェクトの略で、映画、演劇、テレビドラマ等において、演出として付け加えられる音楽を除く音のことである。

格闘の打撃音や刀で切る音や銃撃音等々、舞台環境や状況を説明するための音であり、日本では、環境音、または効果音と訳される。

「わかりました。どこまでできるかわかりませんがやりましょう。ただし、楽曲を含め、音楽関係は僕より適任がいます。そいつを連れて行きますので仲間に入れてください」

「もちろんだ。五月の頭に一度全員で集まろうと思う。その時にその彼も連れてきてくれ」

その後、二言三言ことばを交わし、「それじゃ」と静かにスマホの通話終了ボタンにさわった。

勾当台公園のベンチに座り、夜空を見上げると、数週間前の児島からの電話が思い返された。

「もしもし、林さん！　無事でしたか！」

「ああ。生きていたよ」

「よかった！　とりあえずそれじゃ」それだけ言うと切れた。

後に児島の奥さんから聞いた――。

児島と妻の祥子は、あの日、夫婦で一年前から計画していたインド洋のマスカレン諸島に位置するモーリシャス共和国にいた。

モーリシャスは、〝インド洋の貴婦人〟と称され、世界中のセレブが詰めかける世界屈指のリゾート地として知られている。

五十歳を前にして、人生の息抜きにと、妻を連れての海外旅行だった。

楽しい想い出になるはずだった……

夕方六時頃、ホテルに戻りテレビをつけ、目に飛び込んできたのが津波の映像。最初は映画の一シーンだと思い、実際に起きていることとは思わなかったという。

児島は、聞き慣れない英語の中に、「JAPAN」「MIYAGI」「SENDAI」の言葉を聞き取り、思わずテレビにすがりついた。

これが現実におきていることと確信した児島は、すぐに出国手続きに走った。

しかし、世界中の日本に関わるもの全てが混乱している中、予定を早めて出国することは叶わない。国際電話も繋がらない。日本に残してきた両親、友人の安否を考えると、胸が張り裂けそうになる。

しかし、日本のほぼ裏側に位置するそこでは無力だった……

出国までの残り七日間、津波の映像を見続け、自分の無力さを呪い、涙することしかできなかった。

そして、帰国して最初の行動が、先の電話での安否確認であった。

林は、そんな話を聞いていたので、児島は必ず協力してくれると確信していたのであった。

2

五月十二日　木曜日
五月中旬、国分町〝斎太郎〟で、初めての立ち上げメンバー十一人全員が顔を合わせたミーティングが設けられた。当初は、五月初旬に開催予定だったが、仙台新潟間を行ったり来たりしている林の都合がどうしてもつかず、この日になった。

「どうもピンとくるものが思いつかないんですよね」

斎藤がそんなことを言ったのは、キャラクターデザインのコンセプトを話し合っていたときだ。

「どうして」と一条が言うと、

「宮城のヒーローなのだから、宮城の観光にちなんだ方がいいのか、それとも名産品を取り入れた方がいいのか……　もうそっから悩んでしまって……」

そのあとを原田が続ける。

「あれからユーチューブでご当地ヒーローの動画を漁ったり、ネットで情報収集したんですけど、どこのご当地ヒーロー、ローカルヒーローと呼ばれるものも、地域ネタを背景にしているんですよね」

「宮城のヒーローといえば伊達政宗がいるから、政宗をモチーフにデザインをおこしたらどうですか。武器とか必殺技は、宮城の名産品とかがいいと思うし、考えやすくないですか。例えば、必殺技は〝牛タンパンチ〟必殺の武器は〝笹かまソード〟とか」と杉山が言った。

「いいねえ」と原田が賛同したあとに付け加える。

「ショーで回る会場に合わせて、ご当地必殺技なんかどうですか、例えば三陸の方に行ったら、〝くらえ、笹かまソード！　三枚おろし！〟とか」

原田の即興を交えた台詞まわしに、ミーティングの席は和やかになる。

なおも、言葉を続けようとする原田に向かって、

「ちょっと待って」と一条が割って入った。

その硬い声に、全員が一条を注視した。

「あのう……　うまく言えないんだけど、方向性が違うような気がする。他の県や、他の地域のご当地ヒーローやローカルヒーローのできた背景やコンセプトは知らない。でも、今、私達が集まってこの打ち合わせを行って

いるきっかけになった避難所の子ども達が会いたかったのは、ライガーなんだよ。サンダーライガーに会いたかったんだよ……　でもライガーは行けなかった。私はその理由はわからない……」

一条はそこまで一気に話すと、一旦言葉を切り、唇を噛み締める。誰も言葉を挟むものはいない。静かに時間が過ぎ、一条が言葉を続けた。

「だから……　だから、私達がつくるヒーローは、自分達目線の、自分達が楽しむヒーローじゃダメだと思う。子ども達に、〝無料で来ているんだからこれで我慢して〟と押し付けるようなヒーローは作りたくない。サンダーライガーは来なかった。でも、〝僕の町には、私の町には、こんなかっこいいヒーローがいるんだ！〟と子ども達が自慢できるようなヒーローを私は作りたい……」

そこまで言うと、一条の目から一雫、涙がこぼれ落ちてきた。

一条の向かいに座る橋と高橋が机の下で小さく拍手をしている。

みんな、一条の言葉を噛み締めていた。

「決まったな」

林がそう一言言って続けた。

「他県や他の地域のご当地ヒーローは、町おこしが目的だったり、地域振興に重きをおいて作られているのがほとんどだ。でも俺達がやろうとしていることは、町おこしでも、地域振興でもない。俺達がやろうとしているのは、この震災で傷つき、悲しんでいる子ども達に寄り添い、子ども達の笑顔を取り戻すことだ。震災前だったら、原田や杉山が言う、バラエティ的なご当地ヒーローでもいいだろう。でも、ここ被災地の子ども達に今必要なのは、本当に勇気と希望をくれそうな頼もしいヒーローなんだと思う。それに、宮城にも、原田や杉山が言うようなローカルヒーローはたくさんいる。何も俺達がやらなくてもいい。俺達にはこの業界で過ごしてきたノウハウがある。それを生かし、テレビヒーローに匹敵するヒーローを作りたい」

「はい！」

全員が大きく頷いた。

店長の本田がタイミングよく現れ、「これ、店からの差し入れです」と焼き鳥の大皿をテーブルにおいていく。

「本田、いつもすまんな」と林が声をかけると、「また一歩進みましたね」と嬉しそうに笑った。

一条や林の話が沁み渡っていくのが、隣同士に座っているメンバーの会話から伺うことができる。

児島が林の隣に来て、これを見てくださいと一枚のペーパーを渡した。

そこには、今日のミーティングのために、児島が調べてきた宮城県にまつわる伝説、習慣等がランダムにまとめられていた。

「今、林さんや一条の言ったことに俺も賛成です。ただ、キャラクターの背景には、観光や名産品等ではなく、ここに書かれてあるような伝説や風俗等を埋め込みたいと考えています」

「アラハバキの神か……」

「そうなんです。古代からここ宮城県を始め東北地方では、アラハバキ神を祀る土着信仰があるんです」

「ああ。多賀城市と大崎市にアラハバキ神社が今でも建っている」

「さすが林さん、詳しいですね。やっと僕の出番が廻ってきましたな」とタラコが話に入ってきた。

タラコは、児島が「音楽関係は、僕より適任がいます」と林に伝えたその人だ。一九八四年から一九八七年の間、仙台の音楽シーンを席巻したロックバンド〝阿Q〟のリーダーだった。バンド解散後は、CMやタレントに楽曲を提供。現在も様々な音楽シーンに楽曲を提供しながら、専門学校デジタルアーツ仙台で音楽を教えている。現在、林や児島と同じ四十八歳。

「実はこの案、タラちゃんからなんです」

「タラコさん多才ですね」と林は笑顔をみせた。

「いえいえいえ、たまたまなんですよ。二〇〇一年に宮城でアラバキロックフェスティバルが始まったとき、〝アラバキ〟という語感がちょっと気になって調べたことがあったんですよね」

「それでタラちゃんから、〝これ今回のヒーロープロジェクトに役に立たないかな〟と言われ自分も調べてみたんです。諸説いろいろあるようなんですが、もともとは縄文神の一つで蛇や龍を祖霊として祀っていたらしいんです」

「古代、大和王権に従わなかった〝まつろわぬ民〟蝦夷が守り続けた神でもあるのよ」とタラコが付け加えた。

「そこから現代まで受け継がれている信仰のシンボルとしてアラハバキ神社か……」林は呟いた後、「いいね」と二人に笑顔で応え、各々で話し合っているみんなに向かって身を乗り出した。

「ちょっと聞いてくれ。今、児島とタラコさんからキャラクターモチーフの提案があった。児島、みんなに説明してくれ」

「わかりました」と児島は応え、アラハバキ神の説明を始めた。

児島の話にウンウンと頷きながら聞き入るメンバー。スマホで追加情報を検索している者もいる。

大まかな説明を終えた途端、それぞれの感想が飛び交い始めた。

ひとしきりメンバー同士の話が済んだのを見計らって林が言った。

「俺達の作るヒーローは、このアラハバキ神をモチーフに作っていきたいと思うが、他に案がある者はいるか」

すると、高橋が小さく手をあげた。

林が目で促すと、「あのう…… 別案じゃないんですが、さっき蛇と龍を祖霊に…… ってお話があったんですが、来年、辰年なんですけど、狙ったんでしょうか？」

〝ぶっ〟と、その場にいた全員が吹き出した。

「狙ってない！」

「高橋さん最高。これはもうアラハバキの神と龍は決定ですよね」と爆笑しながらタラコが言うと、「意義無し」と全員が声を揃えた。

「よし、モチーフは決まった。〝龍〟はともかく、〝アラハバキの神〟を題材にストーリーのプロットとなる案をそれぞれ考えてくれ。完全なストーリーじゃなくても構わない。単語の羅列でもいい。それを繋ぎあわせてまずはストーリーのプロットを作っていく。時間がとにかく惜しい、思いついたら今日からでも俺のパソコンにメールを投げ込んでくれ。来週には集まったものをみんなで話し合いたい」

そう言うと、大きく頷くメンバーの顔を見て、ミーティングの終了を宣言した。

ミーティングが終わり、林と橘、高橋が外に出ると、児島とタラコが待っていた。

「林さん、もう一軒行きませんか。今日の話と平行して進めなくちゃいけないことがあると思うので」

「ああ、そうだな」

「橘さんと高橋さんもどうです」と児島が誘ったが、「明日、新潟出発なので、私達はここで失礼します」と橘が応えた。

「明日は私が運転をするので、じっくりと話し合ってきてくださいね。林さんは新潟まで後ろで寝ていてください」と高橋が続けた。

「それじゃ」と別れ、林、児島、タラコの三人は稲荷小路を南に歩き出した。一本目の角を左に曲がり、一番町のアーケードに出たところに、目的の店はあった。

そこはカウンターと小さなボックス席が三つほど設えた、こじんまりとした店ではあったが、平日の、しかも週の中日の九時過ぎ、他の客の姿は見えなかった。

テーブルにつくなり、児島が話し始めた。

「昨日、涼介と電話で話をしました」

林は、口元まで持っていったグラスをテーブルにおいた。

「涼介って、アイリス造形に行った伊藤涼介か」

「ええ、そうです。涼介、アイリス造形をやめて、今はフリーの造形屋をやっています。もうやめて五年になるそうです。」

「そうかあ」林は懐かしそうに天井を見上げた。

「涼介さんって、昔のお仲間ですか」とタラコが二人に尋ねた。

「そう、こっちでアクションやっていて、キャラのメンテナンスなんかを全面的にやっていたのだけど、いつの間にやら、サンダーライガーの造形をやっているアイリス造形に就職しちまった。でも、そのおかげで、メンテナンスに関しては俺達も随分助けてもらったな」

「そうです。造形だけでなく、平成になってからのライガーシリーズ二作目中盤で、警視庁の特殊スーツ、〝グランド1〟って出てきたじゃないですか。あれのラフデザインも涼介なんです」

「へえーっ。それは本格的だ」

「児島、それでどうだったんだ。涼介に頼んだんだろ。このプロジェクトの件」

「ええ、ちょっとフライングかなとも思ったんですが、俺の独断で相談しました」

「かまわない。俺達には時間がない。一日でも早くヒーローを完成させて、避難所にいる子ども達に持っていきたい。そのためにも、個々人でできることはどんどん進めてもらいたい。それより涼介はなんて」

「はい。まず、キャラクターのストーリープロットを送って欲しいと言われました。そのストーリーをもとにラフデザインを描いてくれるそうです」

「おお、すげーや。んじゃ、早めに送らんと」

「それともう一つ、涼介に頼まれたことがあります。涼介のデザインはあくまで、ストーリーから湧き出たラフデザインなので、それを元にブラッシュアップしてくれるイラストレーターを探しておいて欲しいとのことです。あと……」

児島は多少ためらった後、

「涼介が造形をどこに頼むのかと、金の心配をしていました」と続けた。

林は宙をにらみ呟く。

「金か……」

テレビヒーローに負けないキャラクター。サンダーライガーに匹敵する造形。それを実現するためには相応の金が必要であった。しかも、早急にである。

二人の会話を聞いていたタラコが恐る恐る尋ねた。

「ちなみに…… テレビヒーローのキャラクターって一体作るのに、いくらくらいかかるものなの」

「涼介の話だと、アップ等のスチール撮影専用のスーツで、約三百万から四百万。アトラクション用でその半分。一体だけで」

「うわあ、車が買えちゃうよね。でもかかるよなあ……」

そう言ったタラコに児島が続けた。

「贅沢を言ったらきりがない。絶対に譲れないラインはあるけれど、撮影専用のスーツではなく、アクションができてアップにも耐えられる仕様にするべきだと思います」

最後の方は林に向かっての言葉だった。

「確かにそうだな。ヒーロー一体だけの話じゃない。ショーをやるには悪側のキャラクターも必要だ。まずはストーリープロットを完成させて、キャラクター数の割り出しを急ぎ、デザイン画をあげて見積もり依頼をしなきゃな。ところで造形は涼介に頼めるのか」

「実は涼介のところ、涼介一人でやっている造形屋なので、ライガークラスのキャラクターを作るとなると、すべてのキャラクターを製作するまで、一年以上の期間が貰えなくては難しいそうです」

「そうだよな。しかし、ライガーを作っているアイリス造形や、アイリスから独立したサンライズじゃ引き受けてくれないだろ」

「二社ともテレビヒーローの造形で食べている会社ですからね……」

やや沈黙を挟み、タラコが二人に尋ねる。

「動物ぬいぐるみなどを作っている造形会社じゃダメなんですか」

林は、自身のスマホをフリックして、いくつかの画像を呼び出しタラコに見せた。

「これ、サンダーライガーの全身写真です。そしてこちらがご当地ヒーローと呼ばれている写真です。どうです、違いがわかりますか」

写真を見比べていたタラコが言った。

「まったく違いますね。まず頭の大きさが違う。その他にも、胸のアーマーの形状等も違いますね」

タラコから受け取ったスマホをテーブルに置き、右手の親指と人差し指でスマホの画面をピンチアウトして上半身を拡大する。

「そう、まず頭を作るのはＦＲＰになると思うが、この頭部をここまで小さく薄くする技術が普通の造形会社にはない。頭が大きくなると、それに比例して胸の甲冑も大きくなる。しかし、日本の成人男子の平均身長は一七〇センチくらいだろ。結果、頭や上半身のシルエットが大きくなり不恰好になりがちだ。だから、頭をいかに小さくするかが大事になってくる。その技術をアイリス造形は、サンダーライガー四十年の歴史で試行錯誤しながら身につけていった。おいそれと他社が真似できるものではないんだよな……」

「なかなか一筋縄ではいかないものですねえ……」とタラコは大きなため息をついた。

タラコの向かいでは、林が両腕を組み、テーブルに置かれたグラスを見つめ思案している。

「林さん、アイリス造形の下請けを狙うってどうです。アイリスも忙しいときにはいくつかの下請けを使っていて、アイリス時代、涼介が細かな技術指導をしに行っているという話を聞いたことがあります」

重たい沈黙の空気を振り払うように、児島が突然言った。

林は身を乗り出し、右手で児島を指差しながら、「その手があるか」と大きく頷いた。

「明日、涼介に相談してみてくれ」

「わかりました」

引き受けてもらえるか、一抹の不安を抱えながらも、可能性を一つずつ試していく他はない林達だった。

その日、林が自宅に戻ったのは午前一時を廻っていた。毎日の日課であるメールを確認をすると、早速メンバーからストーリープロットの案となる様々な想いが寄せられていた。

受信フォルダーの名前をスクロールしながら、一言「あいつら……」と呟いた後、早速メールを開いて読み始めた。

最初にメールをよこしたのは、「ご当地必殺技、笹かまソード！　三枚おろし！」と叫んでいた原田からだった。

原田はＣＣで全員に届くようにメールを送信している。

そのあとのメールは、原田の意見に付け加えるように進んでいっている。

最初の原田のメールは、先ほどのご当地必殺技の件を詫びることから始まっていた。

そして新たに原田が提案してきたストーリーは――。

「昔、この地には太陽を信心する一族と月を信心する一族がいた。二つの民族は仲良く暮らしている」

「一方、この地を征服しようとする闇の一族がいた」

原田の最初の案はここまでだった。

「太陽の民はリヒト一族、月の民はナハト一族はどうですか。ドイツ語からとりました」と鈴木からのメールが続いていた。

斎太郎の店主、本田からも届いている。

「リヒト一族、ナハト一族より、リヒトの民、ナハトの民の呼称の方がそれっぽくないですか。そして、闇の一族は、傲慢な奴らで〝傲魔《ごうま》一族〟ってどうですか？」

他にも一条を始め、みんなの意見がやり取りされている。明日、新潟ですからと、一足先に帰った橋や高橋の意見もあった。

林は全員のメールを読んだ後、それを基にストーリー前段部分を書き始めた。

書くといっても、みんなの言葉を繋ぎ合わせるだけである。

深夜二時を廻った頃、ストーリーの前段部分ができた。

この地には、こんな伝説が残されている――。

かつて日本の国造りがおこなわれる遥か昔、太古において恐れられていた〝傲魔一族〟

傲魔一族により、全滅の危機に瀕した古代東北の民〝リヒト族〟は、傲魔一族を倒すため、アラハバキ神の力を借り、人間を超人に変身させるベルトを開発。

やがて完成したベルトを身につけた正義の勇者によって、傲魔一族は地中深く封印された。

そして、時は流れ現代――。

二〇一一年三月に東北の地を襲った未曾有の大震災による地殻変動により、封印されていた傲魔一族がこの地に解き放たれた。

この地を破滅へと導き入れるため、傲魔一族による新たな恐怖と殺戮が始まろうとしているのであった……

林は書き終えた原稿を黙読したが、後半の一文から目が離せないでいる。

「二〇一一年三月に東北の地を襲った未曾有の大震災……　か……」と声に出して読み返してみた。

「果たして、この震災を盛り込んでいいものだろうか……」

一抹の不安を残しながらも、みんなから寄せられたメールを元に作ったストーリー前段を全員に送信した。

「忌憚ない意見を乞う」の一文をつけて。

3

五月十四日　土曜日
秋まで続く仕事のため、林達は新潟にいた。
新潟のホテルでパソコンを開くと、全員から様々な意見が寄せられた。その中に林が危惧したとおり、「震災を盛り込むのは大丈夫でしょうか」という意見があった。

その日の夜、新潟の居酒屋。

テーブルには、林の他、橋、高橋、一条、鈴木が顔を揃え、手にはストーリー前段の原稿と、メンバーから寄せられた様々な意見がプリントされているペーパーを持っていた。

「みんな、どう思う」と林が率直な意見を求めると、「たぶん林さんが心配しているのは、震災を盛り込むか否かなんですよね」と橋が言った。

「盛り込むべきだと思います」と高橋が即答する。

「なぜ、そう言いきれる」

「だってこの震災は、悲しいことだけど、実際に起きたことです。そこを隠しちゃいけないんじゃないでしょうか」

「隠す隠さないの以前に、あまりにも大きな災害でしたよね……　傷ついた子ども達もたくさんいますし、未だに少しの揺れでも母親にしがみつく子どももいると、テレビで見ました。あえて私達が盛り込む必要があるのか……」

控えめに鈴木が言った。

林をはじめ、みんな迷っていた。最初に〝盛り込むべき〟と主張した高橋でさえ、自分の意見が正しいのか揺らいでいるのは明らかだ。

しばしの沈黙を挟み、橘が話し始めた。

「子どもの心のケアに関して、私達は全員が素人です。週明け仙台に帰ったら専門の先生に意見を聞いてみます」

「そうだな。俺達はこの分野には素人だ。専門医の話を聞いてから決めようや」

そう林が橘の意見に同意すると、他の二人も大きく頷いた。

「週明け火曜日が次のミーティングだから、月曜朝一でコンタクトをとってくれ」

「わかりました」

橘がそう応えた後、翌日の仕事の段取り等を確認し、お開きになった。

4

五月十六日　月曜日

ハルプランニングのオフィスでは、前日、林や高橋より一足先に仙台に帰ってきていた橘が、パソコンの画面で精神科の病院を検索していた。

比較的大きな病院と思われる所にかけてみる。

数回のコールの後、電話が繫がった。

「私、ハルプランニングの橘と申します。初めてお電話を差し上げます。子ども達の心のケアについてどなたか専門の方にお話をお伺いしたいのですが」

多少なりとも実績のある社名を名乗り電話をかけているのだが、電話の相手からは、「取材なら広報を通してください」と言われる。

「取材ではないのです」と返しても、「ならなんです？」と逆に返される。

さっきからどの病院も同じような対応だ。

順を追って説明しようとすると、あるときは無言で受話器をおかれ、あるときは「とりあえず診察に来て、先生に直接相談してください」と言われた。

橘は次で何件目の電話かと数えようとしたが、思いとどまった。

「これは、私がやらなきゃいけないこと……林さん達が帰ってくるまでに結果を出さなきゃ」

橘はまた電話をかけ始めた。その後、何件電話しただろう。一軒の個人病院の院長が電話に出てくれた。

橘は夢中で今までの経過を全て話した。時間にして十分以上の時間がかかっただろうか……その間、院長は一言も挟まず橘の言葉を聞いていた。

そして一言、

「盛り込みなさい」と静かに答えた。

「この震災は、自然災害としては、今まで私達が、経験したことのないような悲劇をもたらした。しかし、それは隠してはいけない。子ども達にはそれとしっかりと向き合う力を身に付けてほしい。もちろん個人差があるだろう。十年かかる子もいるかもしれない。それ以上かかる子もいるだろう。でも、そのために君達はヒーローを作ろうとしているのだろう。頑張りなさい。そして子ども達をよろしくお願いします」そう言って電話は切れた。

電話を切った後、橘は誰もいない事務所で号泣した。

五月十七日　火曜日

橘が精神科の院長と電話で話をした翌日、国分町にある本田の店、斎太郎に、林達十一人が集まっていた。

「それじゃ最初に、みんなも気になっていると思う震災を盛り込むか否かを、橘が専門の先生に聞いてくれているので、その話からしたいと思う。橘、たのむ」と林が橘に話をふった。

橘は、院長から聞いた話を丁寧にメンバーへ伝えていく。

子どもの感情には個人差があることも付け加え、最後に院長から託された「子ども達をよろしくお願いします」の言葉を添えて説明を終えた。

「これには子ども達の個人差があるし、正解は一つじゃないと思う。俺達にはどれが正解かなんてわかるわけがない。なら、俺達が信じることをやろう」

林の言葉に誰もが力強く頷いた。

この後、メンバーからの意見を集約して作ったストーリーを膨らませる話に移った。

「さっきのストーリーの前段部分ですが、ナハトの民がどこにも出てきませんよね……」斎藤があごを触りながら言った。

最初に〝月を愛でる一族〟案を出した原田が続けた。

「せっかく採用されたと思ったのに、ボツですか……」

「うーん。もったいないなあ……」

鈴木が言うと、実はな、と林が両手を机につき話し始めた。

「傲魔一族とナハトの民はイコールなんだ」

「えっ」

みんなが驚き顔をあげた。

「これは一条の案なのだが、傲魔一族の上に巨悪がいる。そいつは妖魔術を使い多くの国を手に入れようと破壊と殺戮を繰り返している。それでも、東北の地が手に入らないのは、神の声を聞く巫女のせいだと知ってしまう。奴らは、ある日、ナハト族の巫女をさらってしまうんだ。支えをなくして恐怖に包まれるナハトの民。そこで立ち上がったのが、ナハト王家の長男と次男だ。巫女を救うために奴らの棲家に向かう。奴らは、ナハト王家の兄弟に、取引を持ちかける。お前等が仲間になれば巫女を返してやろう……　という感じなんだな」

林が説明を終わるや否や、杉山が続けた。

「なるほど。でも、奴らは約束を守らない。二人とも傲魔に変えられてしまう」

「王家なら、巫女と共に司祭がいて、実はこいつがその巨悪と裏でつるんでいるとか！」と鈴木が身を乗り出した。

もう、ここからはそれぞれがストーリーを膨らませ、勝手にしゃべっている。

その脇で、橋、高橋、一条がメモを必死にとっている。

まっていろよ、必ず俺達が本物のヒーローを届けてやる……

侃々諤々《かんかんがくがく》と議論を重ねるメンバーを見ながら、林はまだ見ぬ避難所の子ども達へ心の中で誓った。

議論の最中、必死にメンバーの意見をメモしていた高橋が突然、大きく手をあげ叫んだ。

「みなさん、お願いがあります！」

何事かとみんな、高橋に視線を向ける。

「すみませんが、先にキャラクターの名前を付けていただけませんか……　さっきから〝奴ら〟とか、〝巨悪〟だとか、たくさん出てきて、奴らって、〝どの奴らなの？〟って、わけがわからなくなってきました」

「それもそうだ。名前があるともっと具体的にイメージできるし、先にキャラクターの名前をつけましょうよ」

とタラコが言った。

「じゃ、まずはヒーローから」と一条が宣言する。

すかさず原田が手をあげ、「実は俺、もう考えているんです」と言って披露したが、一条から即座に「却下」と言われ下を向く。

「原田君、ご当地ネタから離れた方がいいよ……」とタラコがそっと呟いた。

「アラハバキの力を受けて変身するんだから、アラハバキなんとかって感じですかね」と斎藤が言った。

続いて高橋が「龍は入れますよね」と念を押す。

「アラハバキ龍！　しっくりこないなあ」と杉山が言った。

「一旦アラハバキから離れて、立ち上がるの〝ＲＩＳＥ〟からとってライザー龍はどう？」

そう橘が言うと、みんなが食い付いてきた。

「橘さんいいよ、それ」

「いただき！」とテーブルのあちこちから声があがる。

「ライザー龍の前にもう一つだよなあ……　みんな、もう一声」とタラコが呼びかけた。

それまでずっと考えていた児島が呟く。

「バキシンライザー……　リュウ……」

「児島、今、なんと言ったの」とタラコが声をかける。

「アラハバキはどこかに残したいんだよなあ。それで、アラハバキの後二文字と神を合わせて〝バキシン〟。それに橘さんの〝ライザー〟を合わせて、バキシンライザーリュウ……　どう？」と児島はみんなに意見を求めた。

「バキシンライザー……」

「バキシンライザー……　リュウ……」

「バキシンライザーリュウ……」

その場の全員がそれぞれ呟いている。

「いいねえ。バキシンライザーリュウ！　いいんじゃない」とタラコが言うと、次々に「うん。いい！」という声が飛びかった。

その様子を見て、林が宣言した。

「よし、ヒーローの名前はバキシンライザーリュウにしよう」

「林さん、表記はどうしますか？」児島が聞いてきた。

「表記？」

「ええ、この先ロゴを作るにも、漢字の表記が必要でしょう」

「アラハバキの漢字は調べてきたんだよね」

そう言ってタラコがレポート用紙を机の上に広げた。

〝荒吐神〟

〝荒脛巾神〟

〝荒破牙神〟

「歴史的経緯や信憑性には諸説あるのだけど、最初の〝荒〟の字に〝吐く〟を合わせたものは、アラバキロックフェスティバルで使用されているので除外すると、残り二案ですかね」タラコがレポート用紙を指差しながら続けた。

「それぞれ意味があるんでしょうが、いずれも当て字ですよね。なら視覚的にかっこいい文字でいいんじゃないですか」児島が言うと、斎藤が続けた。

「じゃ、決まりですね。〝破る〟に〝牙〟に〝神〟でバキシン！」

レポート用紙を覗き込んでいたメンバーが次々に頷く。

「〝破る〟に〝牙〟に〝神〟。そしてライザーはカタカナ、最後のリュウは難しい方の〝龍〟。林さんどうですか」

児島が林に向かって言った。

「破牙神ライザー龍……」林はそう呟くと、レポート用紙の空いているスペースに書いてみた。

「うん。いいねえ」

誰とはなしに呟くと、次いで口々に「うん。いいよ」と声があがった。

「よし、これに決めよう」

林の二度目の宣言で、漢字表記も決まり、この日から、会の名前も「リュウプロジェクト」と呼称することとなった。

このあとの名前は、拍子抜けするほど簡単に決まった。

先ほど〝巨悪〟と言っていた一族は〝魔族〟と決まり、その魔族を率いるのは〝ジェネシス〟

王家の兄弟の名前も決まった。長男が〝ヴァイラス〟次男が〝ヴァイアグロス〟

先ほど話に出たずる賢い司祭も登場させることになり、名前は〝ヤガール〟と名付けられた。

まだ物語に出てきていない戦闘員も、いずれは出るだろうからと、方言の〝たごまる〟からとって、〝タゴマール〟に決まった。

〝たごまる〟とは、古語のしわが寄ったりたるんだりしてしわくちゃになることや、ひもやロープが絡まってほどきにくいさまを指す〝たぐまる〟が訛ったものだ。

〝たぐまる〟自体、今ではほとんど使われていないが、〝たごまる〟は、今でも東北地方などで広く使われていて、東北人には馴染み深い言葉だ。

キャラクターの名前が決まったところで林が腕時計に目をやり、「今日はここまでにしよう」そう言って今後の予定を話した。

「まずは今日の話を一条に早急にまとめてもらう。ストーリーのプロットができたら、それをもとにラフデザインを起こしてもらう。ラフデザインは、児島と俺の後輩で、元アイリス造形の伊藤涼介に頼む」

それを聞いた原田が、タラコの隣で「あっ」と小さく声をあげた。

タラコが原田を見ると、机の下にラフデザインを持っている。

今にも、手をあげそうな原田を思いとどまらせ、タラコが原田の耳元でささやいた。

「だから、ご当地から離れなさいって」

原田は「はあ……」と溜息を漏らし、どう見ても伊達政宗と仙台の球団、楽天イーグルスのシンボル、ゴールデンイーグルを掛け合わせたようなラフ画をひっこめた。

翌週のミーティング日を確認し、この日はお開きになった。

斎太郎に残っているのは、林、児島、タラコ。そして店長の本田もテーブルについている。

みんなが残していったつまみを齧りながら、林が児島に尋ねた。

「下請けの件どうだった」

「はい。涼介から神奈川にあるカトー工芸社を紹介してもらいました。ここは、FRPより、高密ウレタンのプレス系の技術が優れていて、アイリスでも忙しいときだけでなく、常に仕事を頼んでいるそうです。社長の加藤さんなら、必ず力になってくれるはずだと、涼介が言っていました」

「そうか。話をするにしても、デザイン画がなければ話にならないだろう。まずはデザイン画を早くあげなくては先に進めないな……」

話のきりを見計らって本田が言った。

「龍や傲魔一族の怪人達の武器も必要ですよね。ちょっと描いてみました」

お世辞にも上手いとはいえないが、本田の実直さが滲み出ているカラーの武器デザイン画を机の上に広げた。

児島がデザイン画を手にしながら言った。

「お前忙しいのによくこんなにたくさん描いてくれたな」

「もっと絵心があれば、伝わるのでしょうけど……　すみません」と頭を下げた。

「十分だ。これをもとに武器デザインも考えてもらう」

そう林が言うと、嬉しそうに「ありがとうございます」と本田はふたたび頭を下げた。

児島が話題をかえ、タラコに尋ねた。

「そう言えば楽曲の方は手をかけ始めているの？」

キャラクターショーすら見たことないタラコは、林や児島の求める曲がつかめず苦労していた。

「おおまかなストーリーはできて、世界観はなんとなくイメージしているんだけど、曲に結びつかないんだよなあ……　例えば、歌唱する人は決まっているんですか」と児島と林に逆に尋ねた。

「歌唱する人が決まっていれば、その人のイメージなんかも合わせて考えられるんだけどな……」と重ねてタラコが言った。

「林さんは誰かあてがありますか」児島が尋ねた。

林はそれには応えず、頬づえをつき宙を見つめていた。

みんなの視線も物思いに耽る林に集まる。

やがて林は語り出した。

「児島、俺達二十代の時、昭和最後のライガーシリーズを覚えているか」

「はい。もちろんです」間髪を容れず児島が応えた。

「あの頃、夢中だったよな……」

「俺はミキサーでしたけど、林さん達アクターは、いつもショー中に、誰が一番高い所から出るとか、飛ぶとかを競っていましたよね……」と児島は懐かしそうに笑顔を見せた。

林も当時を懐かしむような表情をうかべながら続けた。

「何でもできるような気がしていた。怪我もしたし、へこんだ時もあった……　でも、キャラショー中心の俺達をいつも励ましてくれたのは、あの時のライガーの主題歌だったり挿入歌だった。いつもあの人の歌声が俺達を励ましてくれていた。主題歌から挿入歌まですべて彼が歌っていた……」

「林さん、まさか……　宮内さん……　宮内さんに頼む気なんですか」児島と本田が同時に身を乗り出した。

「宮内さんって？」とタラコが尋ねた。

「宮内タカユキ。その当時のライガーの主題歌から挿入歌まですべて歌唱していた人だ」と児島が応えた。

「それだけじゃありません。サンダーライガーをはじめ、テレビ特撮シリーズのほとんどで、主題歌を歌唱した数少ない一人です」本田が付け加えた。

「宮内さんなら、あの時、俺達が勇気をもらったように、被災地の子ども達にもきっと破牙神ライザー龍の歌で、勇気を届けてくれると思うんだ」

タラコが「そいつはすげえー！」と言って続けた。

「林さん、あてはあるんですか？」

全員が期待を膨らませて林の顔を見たが、そんなことは意に介さず、一言「ない」と言った。

同時に林以外の者から大きなため息がもれる。

林はみんなのため息など聞こえていないかのごとく続けた。

「しかし、俺の本業はタレントもよく扱っている。宮内さんにたどり着くのはそう難しい話じゃないと思う」

「林さん、いいですよ！　宮内さん。ぜひ頼みましょう。お願いします」幾分落ち込んだ空気を打ち払うように本田が言うと、

「ああ。引き受けてくれるかわからないが、あの人なら、必ず俺達の気持ちに応えてくれるような気がする」と言った。

「宮内タカユキか……　実現したらすごいな……」児島が呟いた後、やおら林に向かい、今度は全員に聞こえ

るように言って頭を下げた。

「林さん、宮内タカユキさんでお願いします」

「凄いっす。リュウプロジェクト。きっと子ども達喜びますよ！」本田も机に両手をつき、頭を下げる。

さらにタラコまでもが宣言した。

「わかりました！　その言葉を信じて、明日から宮内さんをイメージした楽曲の制作にとりかかります！」

「まだ決まったわけじゃない。これからの話だ」

林が慌てて顔の前で手を振りながら言っても、もはや誰も聞いていない……

ここでもやはり、可能性を一つずつ試していくしかない林達であった。

5

五月十九日　木曜日
この日の夜は本来のミーティング日ではなかったが、一条、橘、高橋の尽力のおかげで前日のうちにストーリープロットができあがり、急遽、いつもの斎太郎にみんなが集まることになった。

「早速、一条、説明してくれ」

林の言葉を合図に一条が話し始めた。

「私は、被災地の子ども達が、私達の作るヒーローによって支えられ、何かを頑張るきっかけを掴んで欲しいと思っています。そして、破牙神ライザー龍というヒーローを通して、〝命の尊さ〟や〝人をいたわる心の強さ〟、そして〝勇気〟を伝えたいとも考えています。それは、先日のミーティングで集まった言葉を見る限り、みんなも同じ思いだと感じています」

ここで一旦言葉を切ると、メンバーの顔を見回す。顔を揃えている誰もが一条の話に耳を傾けている。

「私は、物語も単なる勧善懲悪劇にしたくはない。悪側にも、悪に染まらざるを得なかった心優しき背景を盛り込みたい。そして、このヒーローは戦いたいのではなく、守りたいんです。みんなを……　未来を背負って立つ子ども達を。今だからこそ、被災地だからこそ、ヒーローを通して伝えられたメッセージは、子ども達の心に強く残るんだと思う……　そんな思いを込めて、昨日、橘さん、高橋さんと一緒に、みんなの言葉を繋いで一つのストーリーの土台をまとめました……　それがこれです」

一条はそう言って、メンバーにストーリープロットの書かれた紙を渡した。

メンバー全員が紙に目を落とす。声を出す者もいない。

全員が真剣に一条達が書いたストーリープロットを読み込んでいる。

しばらくして、鈴木が沈黙を破り叫んだ。

「正美、すごい！」

その一言を皮切りに、メンバーが思い思いの感想を口にする。

「すげえよ、一条。早くキャラクターデザインが見たくなる」と斎藤が言った。

「これは私が考えたんじゃない。この間のみんなの意見を橘さんや高橋さんとメモして、まとめただけ。これは、みんなが考えたストーリーよ」

一条の言葉に橘が続ける。

「これだけではショーの台本を作るのに言葉がまだまだ足りません。これをベースに台本の完成まで持っていきたいので、肉付けできるワードやサイドストーリーなど思いついたら、一条さん、高橋、私までメールを送ってください」

橘の言葉にメンバー全員が大きく頷いた。

「今日は、これが主な議題だ。他に何もなければこれでお開きにしたい」

林はそう言った後、児島に向かい尋ねた。

「児島、悪いが今日中にこのプロットを涼介に送ってくれるか」

「もちろんです。それじゃ俺は、先に戻って涼介と直接話してみます」と児島が席を立った。

児島を見送った後、「時間のある奴は、飲み代の心配はいらないからゆっくり飲んでいけ」と言い、林が立ち上がると、

「ごっつぁんです!」と若者達が頭を下げた。

その声に右手をあげて応えながら、ドアのカウベルを鳴らしながら出て行った。

6

五月二十一日　土曜日

新潟の現場もスタートして五週目を迎えた土曜日、その日の現場を終え、林はホテルの部屋で橘が作った翌日

のマニュアルに目を通していた。

〝ポーン〟とパソコンへのメール到着をしらせる軽やかな音が鳴り、林は読んでいたマニュアルから目をあげノートパソコンのメールを呼び出した。

メールの相手は、〝伊藤涼介〟となっている。

「きたか……」と呟き、早速メールを開いた。

メールの中身は林の想像どおり、ストーリープロットから描き起こされたラフデザインだった。

正面、側面、バック、頭部のアップ等、二種類ずつ添付されている。

林はスマホをとりあげると、ホテルに同宿している橘、高橋、一条、鈴木に下のロビーに集まるように連絡した。

二十分後、ホテル一階ロビーに集合したリュウプロジェクトの面々。

「今、涼介から届いたばかりだ。プリントアウトができないので、パソコンの画面で見てくれ」そう言って、林はノートパソコンを三人に向けた。

三人は、A案、B案を忙しくスクロールさせながら何度も見ていたが、やがて一条が、「龍をモチーフにしているからだと思いますが、この鱗部分が強調されすぎているような……」とパソコンの画面を指差した。

「すこし、リアルすぎるかも……」

橘が率直な意見を口にすると高橋と鈴木が大きく頷いた。

「みんなには?」橘が林に尋ねた。

「すでに転送した。今日中に感想を送って欲しいことも添えている。明日、現場の合間を見て、みんなから集まった感想を涼介に電話で伝えようと思う。ところで、涼介から頼まれていたラフ画をブラッシュアップしてくれそうなイラストレーターは見つかったか」

後半の問いは橋と高橋に向けてだ。

答えたのは橋と高橋ではなく、鈴木だった。

連絡遅くなってすみませんと付け加えてから、

「私の親戚にイラストレーター兼漫画家の人がいて、彼女に聞いたら、ぜひ、やらせて欲しいとのことでした」

と言った。

「どんなタッチの絵を描く人なの」と橋が尋ねた。

「本人のペンネームを聞いておきました。それでホームページにアクセスできます」と答えながら自分の手帳に挟んでいたメモを取り出し机の上においた。

そこには〝桓田楠末〟と書いてある。

林の「なんて読むんだ」の質問に、「〝かんだなま〟と読むそうです」と鈴木は答えた。

林はパソコンに〝桓田〟と入れて、検索をかけた。

目的のホームページは検索画面の一ページ目トップにあった。

「あった。これだな。〝かんだ屋〟」と言いながらホームページのサンプル集を見ていく。

サンプルを開く度に、「素敵……」と声が漏れる。

一通りサンプル集を見て、「桓田さんなら安心して任せられると思う」と林が言うと、その場の全員が大きく頷いた。

「鈴木、一応、他のメンバーにあてがあったか確認し、もし、あてがなかったのならば、ぜひ、桓田さんにお願いしよう」

鈴木は林の言葉に大きく頷いた。

「それと。もう一つ」と林は続ける。

「もし、桓田さんにお願いすることになったら、ストーリープロットを見せて、傲魔一族側のイラストも頼んでみてくれ。涼介には龍のイラストに専念してもらう」

「わかりました。まずは、今日中にここにいないメンバーに連絡して、イラストレーターの件、確認します。それで、誰もあてがないようだったら、桓田さんで進めていきます」

「頼む。それと、さっきの他にも何か意見があったらメール入れておいてくれ。それじゃ、明日また」

林の言葉を合図に、全員が部屋に戻るために腰を上げた。

五月二十二日　日曜日
翌朝、林は起きるなり、顔を洗う間にパソコンを立ち上げた。
歯ブラシを口に突っ込んだまま、昨夜から朝にかけてメンバーから届いたメールを読んでいく。読み終えてから、自分のスマホにメールを転送し現場へと向かった。
この日は日曜日なので、イベントのプログラムも土曜日よりはボリュームがある。現場に着くなり、代理店と各セクションの担当者を交え、朝のミーティングを行い注意事項と確認作業を進め、九時のオープンに備える。

オープンから一時間程度が過ぎた頃、総合インフォメーションでトラブルの有無を確認し、すべてが順調に動いていることを知った林は、スーツの内ポケットからスマホを取り出し涼介に電話をかけた。

呼び出し音が鳴って、ほどなく相手が出た。

「お疲れ様です。伊藤です」

「ラフデザインありがとう。思っていた以上に早く上がったので助かったよ」

林は一言お礼を言ってから、みんなの意見を要約して涼介に話した。

「少し、龍にこだわり過ぎたかもしれませんね。頭の触覚も龍のヒゲを意識したので、あの細さになったのですが……」と言った後、「全体的なシルエットやラインはどうですか」と今度は涼介が質問をよこした。

「シルエットやラインはA案を推す声が多かったので、A案をベースに進めたいと思う」

「わかりました。少し、龍から離れて修正してみます」

「頼む。忙しいところ、金にもならん仕事で申し訳ない」

「なに言っているんですか、俺、東京にいて、テレビで津波の映像を見たとき……　正直、愕然としました。俺のふるさとが、地震と津波で破壊されていく姿に……　何かしなきゃ、何かしなきゃと、気持ちばかりが空回りして何も行動を起こせなかったんです。そんなとき、児島さんからこのプロジェクトを聞き、ラフ画の相談を受けたとき、俺、凄く嬉しかったんです。だから、気にしないでください。ラフ画はすぐに描き直しますから」

「ああ、ありがとう。待っているよ」と言い、電話を切ろうとしたとき、受話器から「それと……」と聞こえ、慌ててスマホを耳に戻した。

続けて聞こえてきたのは、

「俺も、正式にリュウプロジェクトに入れて下さい……」の一言だった。

「とっくにお前はリュウプロジェクトのメンバーだよ」と林は言い、涼介の「ありがとうございます」の声と共に通話を終了した。

五月二十三日　月曜日
イラストレーターの件を任されている鈴木から電話がきたのは、翌日の午前中、林達が仙台に帰る前に必ず立ち寄ることになっている、いつかの買い占めと間違われた亀田にある大型ショッピングセンターであった。

内ポケットで震えているスマートフォンに気づき、この日も一人二台ずつ押しているカートを売り場の横に寄せ、通話ボタンをタッチした。

「はい。林です」

「他のメンバーではイラストレーターのあてがなかったので、桓田さんに正式に依頼しておきました。また、傲魔一族のキャラクターも作ってくれるそうです。しかも今週、私達が新潟に出発する前までに全キャラのラフ画をだしてくれるそうです！」

鈴木は呼吸するのももどかしいがごとく、一気に話した。

「鈴木、焦るな。いくら携帯に発信者通知が出るとはいえ、まず、名前を名乗れ」笑いを交えて窘めると、

「あっ！　すみません。一歩一歩進んでいるのが嬉しくて」

その声も弾んでいる。

「よし、わかった。今週、木曜日に斎太郎に来られるメンバーを集めておいてくれ」

「はい。鈴木、了解しました！」といくぶんおどけながら返事を返し、電話を切った。

林はおもむろにスマホのカレンダー機能を呼び出しスクロールさせると、画面を見つめた。画面には、林が独自で考えているプロジェクトの進行予定が映されていた。

「五月二十三日か。急がないと……」

震災から二ヶ月半が経とうとしていた。

7

五月二十六日　木曜日
午後七時過ぎ。リュウプロジェクトのメンバーは、国分町の斎太郎にいた。

机には、伊藤涼介の修正した龍のラフ画と、鈴木から依頼を受けたイラストレーターの桓田が描いた、傲魔一族のキャラクター五種類のラフ画がのっている。

「涼介の画は大分変わりましたね」と児島が言った。

「よりヒーローらしくなりましたよね」と店主の本田が続けた。

みんな、思い思いの感想を述べ合っている。

ある程度意見が出尽くしたところで、鈴木がみんなの顔を見渡しながら言った。

「大きく変更点がなければこのまま進めていきたいと思います。龍のラフ画は、この後から桓田さんに引き継いでいただき、細かい修正をしてもらいます。あと、みなさんにお願いがあるのが、龍のベースカラーの選定です。今日のラフ画を持ち帰っていただいてそれぞれ色を考えてください。スーツのベース色、甲冑の色、これだけで良いそうです。あとの細かい所は、この二ヶ所の色が決まったら考えるそうですので、メールでも電話でも構いませんので、なるべく早くご意見をください」

鈴木の話にみんな大きく頷いた。

林が、鈴木の後を引き取り続けた。

「震災から今日で二ヶ月半だ。この短い時間で、ストーリープロット、キャラクターのネーミングやデザイン、よく考えてくれた。ありがとう。これからは、毎週集まっている会議を不定期開催にし、連絡等はメールを中心にして、スピードアップを図りたい。この先は、楽曲制作や、俺達リュウプロジェクトのことを避難所に知ってもらうための広報、そして資金繰り等、さらなる難関が待ち構えている。楽曲はタラコと児島を中心に。広報と資金繰りは、この俺を中心に、児島やタラコ、橋、高橋と進める。他のメンバーは一条を中心に、ショーで使う台本制作を進めてくれ。必ず、形にさせよう」

林の言葉に「はい」と決意を新たにするメンバー達。

県南に住んでいる一条は、みんなより帰宅時間が早い。

今日も午後九時を回ったところで、「いつもすみません。電車に間に合わなくなるので失礼します」と席を立った。

それを合図に三々五々と帰り出すメンバー。

テーブルには、林、児島、タラコ、本田のいつもの四人がいた。

「林さん、宮内さんって……」とタラコが遠慮がちに尋ねた。

「高橋が事務所を調べてくれたんですが、問い合せがメールフォームしかなく、今、直接話ができるルートを探しています。もう少しお待ちください」と林が応えた。

「やっぱり、ファーストコンタクトは、直接話した方が良いですよね」と児島が言った。

「そうなんだよ。最初、メールフォームから送ろうかと思ったんだが、俺達の想いをテキストにしていたら、半分も文字にしていないのに長文になってしまって、初めてのメールがこんな長文じゃ誰も読まないって橋に叱られてな」そう言って林は頭を掻いた。

「それだけ、みんなの想いが詰まっているプロジェクトですからね」とタラコが笑いながら応えると、

「そう。テキストじゃなかなか伝わりにくから、直接コンタクトをとれる窓口を探している。そこは任せてくれ」

と林が付け加えた。

「よろしくお願いします」と児島とタラコ、本田が軽く頭を下げた。

「わかった」と返事をした後、児島とタラコに向かって林が言った。

「主題歌もそうなんだけど、ショーパッケージを作るとなると、シーンごとの背景音楽や傲魔一族のイメージテーマ、それから場面転換時のブリッジも必要になるけど、その辺の話ってつめてた？」

「児島からは聞いているんですが、正直、まったく浮かびません……」と頭の後ろで両手を組み、宙を睨んでタラコが言った。

「そうなんだよなあ。林さんと俺なら、それぞれキャラショーの世界が長かったから、話していても、〝うんうん〟〝それそれ〟って通じるんだけど、今回初めて足を踏み込んだタラちゃんからしたら、かなり特殊な世界だと思う。普通なかなか作る機会がないでしょう、CM曲やアイドルに楽曲提供している人達は」

組んだ手の上にあごを乗せて児島が言った。

「とは言っても、ショーの販売をすることを考えると、市販されている楽曲は著作権の縛りがあって使えないしなあ……」と林が続けた。

「なにもないから難しく感じるんじゃないでしょうか……」

「本田、どういうこと?」と児島が尋ねた。

「やっぱり、台本があって、キャラクターのセリフとかがわかると、そのシーンも想像しやすいんじゃないですか。そうすれば、タラコさんも、林さんや児島さんが言っていることも、すんなり入ってくると思うんですが……　どうでしょうか?」

「それもそうだよな」

本田の意見に林も頷いた。

「んじゃ、完成までの時間は短くなるけど、台本が上がってから改めて相談しよう」と児島が言うと、タラコも「了解!」と応えた。

「よし、今日は帰ろう」

林の合図で児島とタラコが席を立った。

三人は、本田の「ありがとうございました！」の声を聞きながら店をあとにした。

五月二十七日　金曜日
翌日、林は新潟に出発する前、事務所のパソコンを立ち上げ、データベースを呼び出し、フィールド検索に「キャラクターショー」と打ち込んだ。

サンダーライガーをはじめとする、林が今まで名刺交換をしたことのあるキャラクターショー関係者の名前が並んでいる。

この中に、宮内タカユキに繋がる人物を探そうとしていたのだ。

ア行から丁寧にスクロールしていく。

ヤ行まで来て、「いないか……」と諦めかけたとき、その人物の名前で手が止まった。

「吉田哲郎……　先輩……」と口に出して呟いてみる。

吉田は、東京のサンダーライガーの制作会社に務めていた。林より八歳年上だ。林が若い頃、大型の会館ショー等、東京のチームと一緒にショーを作るときがあった。そのときにいつも東京側のアクターだった先輩。しごかれた記憶しかない。

「たしか、宮内さんとは家族ぐるみの付き合いって言っていたなあ……」と思い出した。

番号は会社の番号だろう。一般回線しか載っていない。携帯の記載はない。

「最後に会ってから二十年くらいか……　あるわけないか」

えーい、ままよと、受話器をとり、データベースに載ってる番号に電話した。

ほどなく、電話が繋がったが、吉田は外出中とのことであった。代わりに吉田の携帯番号を教えてもらいかけ直した。

留守番電話に変わろうかと思われた頃、見慣れぬ番号からの電話だからか、硬質な声で、「はい。吉田」と電話が繋がった。

「ご無沙汰しております。ハルプランニングの林です」と言うと、

「林！　林って林か！　どうした、無事だったか。大変だったよな。それで、どうした。いやあ久しぶりだな！」

吉田が話し終えるのを待って、林は、今、自分達が被災地でやろうとしていること、そのきっかけになった避難所からの電話のこと、そして、宮内さんに繋いで欲しいこと等を丁寧に説明した。

吉田は、話の途中何度も「ちょっと待て」や、「それで」と言葉を挟んできたが、林の話を真剣に聞いていることは伝わってきた。

話を聞き終えてから、吉田は「うーん」と唸ったきりだ。

何秒経っただろう……

電話口からは微かに吉田の息づかいが聞こえて来るので、繋がっているのは間違いない。

たっぷり一分は過ぎたと思われた頃、

「よし。わかった。繋いでやる」と吉田が言った。

「本当ですか。ありがとうございます吉田さん！」

「ただし、知ってのとおり、うちの会社はサンダーライガーの特約店だ。お前等のやろうとしていることに会社は協力できない。だから、俺個人として手伝ってやる。この件は、俺、吉田が個人的に宮内さんに繋いでやる。宮内さんが引き受けるかどうかはわからないが、少なくともお前達の気持ちは届けてやる」

「すみません。吉田さん、ありがとうございます」

林は、受話器を握り締めたまま、まるでそこに吉田が立っているかのように深々と頭を下げた。

8

六月に入りまもなく、イラストレーターの桓田から、傲魔一族のイラストと、メンバーの意見を取り入れ、着色した龍のイラスト画がメールで送られてきた。

「みなさんの意見を反映して作りました。私的には完成版ですが、気になるところがあれば遠慮なくお申し出ください」と併記してある。

その他にも、本人が描いた傲魔一族を中心にキャラクター設定が補完されている。それにもいちいち、「作者目線で恐縮ですが……」と添えられている。

「誠実な人だ。桓田さんに頼んでよかった……」

林は桓田からのメールを読んだ後、そう呟いた。

桓田がキャラクターのイラストを仕上げてくれた翌日、林と児島は、新幹線で神奈川に向かっていた。カトー工芸社の社長、加藤と会うためだ。

林は、昨日あれから加藤社長にアポを取り付けるためすぐに電話をした。

伊藤から事前に電話が入っていたこともあり、スムーズに話が進み、翌日のスケジュールを空けてくれた。

鞄の中には今回のプロジェクトの立ち上げ経過から、自分達がやろうとしていることを企画書にまとめた書類と、キャラクターのデザイン画が入っている。

新宿駅から小田急線に乗り換えて、神奈川県の生田駅でおり、そこからさらにタクシーで向かうと、閑寂な住宅街を抜けた所に目的のカトー工芸社の工房はあった。

加藤社長は林達より大分年上だ。林達の父親世代かもしれない。

加藤が、被災地から来た林達に労いの言葉をかけた後、「早速見せてもらいましょうか」と促した。

林と児島はテーブルに企画書とデザイン画を広げながら、もう何度説明してきたかわからないほど、話してきたリュウプロジェクトの立ち上げ経過を、順を追って加藤に説明し、最後に一番重要な、キャラクターはテレビクォリティーで作りたいことを付け加えて話を終えた。

「製作期間は何日貰えますか」

林達の話を聞き終えた加藤が尋ねた。

「私達は一日でも早い完成を目指しています」と林が答えると、児島が、「優先順位としては、まずは龍が最初に欲しいです」と付け加えた。

「ある程度、日数を貰えると、他の作業の合間に工程を組み込めるので、予算的にも抑えることが可能なんですが……」そう言うと、あごに手をやり暫く思案していたが、

「まず、見積りを出しましょう。その見積りを見ながらまたいろいろ相談した方が良いですよね」と二人に言った。

「わかりました。よろしくお願いします」と児島が頭を下げ、林も一緒に頭を下げると、「それじゃ、これから早速見積もりを作りますよ」と加藤社長に言われ、もう一度、「よろしくお願いします」と返した二人は、そのままカトー工芸社をあとにした。

帰りは生田駅まで、カトー工芸社の女性社員が送ってくれた。

ほどなく生田駅に到着し、車から降りた林と児島が、

「今日はお忙しい中、ありがとうございました。加藤社長にもよろしくお伝えください」と言うと、社長から林達のことを聞いていた彼女は、

「私達も全力で応援するので、頑張ってください」と言って、運転席からペコリと頭を下げ車を走らせた。

行きと同じく小田急線に乗り、新宿駅に向かう。

このあとは、新宿で伊藤と会うことになっている。

「納品までのスピードをとるか、金額をとるか……ってことですね」

帰りの電車の中、児島が呟くように話しかけてきた。

「ああ。そうだな。さて、どうしたものか……」とこちらも呟くように応える。

目は窓の外に向いている。

林は車窓に流れる景色をみながら、「とても同じ日本とは思えねえなあ……」と呟き、被災地の光景を思い出していた。

林は、震災後すぐに営業所のある女川町へと向かった。その当時はまだ電気も電話も通じず、ラジオから流れてくる二〇メートルを超す大津波に町が飲みこまれたという情報だけだった。

町に入る手前で車をおり、歩いて町内に向かった林の目に飛び込んできた光景に愕然とした。津波により、町全体が広範囲に破壊されていた。まさに壊滅といっても過言ではなかった。

津波は、海岸から内陸にかけて山に囲まれた盆地になっている女川の町を、高さ二〇メートルという、かつて町の人々が経験したことのない高さで襲いかかった。

山肌を這うようにして襲ってきた津波は、中心市街地をのみこみ、役場庁舎や駅舎も破壊した。海から離れた山間の集落さえも全壊の被害となった。

そして、死者行方不明者は八百人を超えた――。

次の停車駅「新宿」を告げるアナウンスで、林は現実に引き戻された。

林と児島は、一旦ホテルにチェックインを済ませ、伊藤との待ち合わせ場所へと向かった。

待ち合わせの新宿駅東口に到着すると、すでに伊藤は近くの喫煙所でタバコをふかしながら待っていた。

「やあ、涼介、今回はいろいろありがとう」と児島が言うと、大げさに顔の前で手を振り、「それより、林さん、ご無沙汰していました」と林に頭を下げた。

「十五年振りくらいかな」と林も笑顔で応えた。

「とりあえず、どっかにはいりましょう。近場で良いですよね」の伊藤の言葉に二人は頷いた。

近場のビルにある居酒屋を見つけ、三人でテーブルを囲んだ。

東京だからだろうか、それとも居心地を悪くして客の回転率を高めようとしているのか、仙台より大分小さなテーブルだった。

林がそんなどうでも良いことを考えているうちに、飲み物とお通しが運ばれてきた。

「どうかしましたか」と児島が林に声をかけた。

「いや、悪い」と二人を前にして、他のことを考えていたことを詫び、

「んじゃ、お疲れ」とジョッキを掲げた。

それに合わせて二人も「お疲れ様でした」とジョッキを掲げる。

話題は当然、震災の件、龍の件が中心だ。中心というよりその話題しかなかった。

児島が、伊藤に加藤社長とのやり取りを説明し、続けて「どのくらいの金額になるだろうか」と水を向けた。

「今の話を聞くと、二人とも、素材とかにかなりこだわっていますよね。いくら撮影用のブツじゃないとはいえ、アクションが出来て、テレビクォリティとなると……」

そこまで言って、伊藤は宙を睨みしばらく考え込んだ。

やがて、林と児島に向かい、「作り方にもよると思いますが、ヴァイラスが一番かかって、二百万から二百五十万くらい。龍で二百万くらいですかね……」

「そうだよな……」と林が言った。

「専門家からその言葉を聞くと、ぐっと重みがましてくるなあ……」と林の言葉に児島が続けた。

「例えば、ヴァイラスのマントを革ではなく、他の素材にするとか……　一旦、見積りが出たら、金額を圧縮するために素材の変更を加藤社長に相談してみた方がいいと思います」そして、二人に視線を戻し、

「本当は自分が造形の一部でもお手伝いできればいいんでしょうが、すみません……」

そう言うと伊藤は、テーブルの上に広げられたイラストを見ながら頭を下げた。

「事情は児島から聞いている。気にするな」と林が言うと、

「このプロジェクトが始まったら、頻繁に修理をお願いすることになると思うから、その時は頼むよ。だって、林さんだぜ」と児島が続けた。

「えっ、林さん着るんですか！」

「えっ、俺が？　着れるわけないだろ。この体形見てみろ」と笑いながら、児島と伊藤に小さく両手を広げて見せた。

「知っていますよ、一条に〝スーツ着られるようになってください〟って懇願されて、減量始めたのを」と言うや、児島は忍び笑いを漏らした。

「あっ、だからさっきから食い物に手を出してないんですね」

「いや、そんなことはない」と林はムキになって料理に手を伸ばした。

翌日、林は、以前仕事で付き合ったことのある東京の代理店に顔を出してから仙台に戻るため、ホテルで児島

と別れた。

別れ際に林が、「児島、今日の予定はどうなっている?」と聞いた。

「このあとは、真っすぐ会社に出ます。行っても何か仕事あるわけじゃないんですが、それでも、小さくても何か仕事を見つけないと食っていけませんから」と小さく笑った。

「そうだよな……俺も、今日中には戻る。何かあったら連絡くれ。それじゃ」

「わかりました。失礼します」と児島は軽く頭を下げた。林は、それに右手をあげて応えると、児島と反対方向に歩き出した。

「みんな、楽なわけないよな。ほとんどの会社の仕事が止まっている。自分達の先行きの方が心配だろうに……」林は胸中で呟きながら、目的の会社へと向かった。

林の会社、ハルプランニングとて、新潟のロングランの仕事が決まったとはいえ、仕事はそれだけだ。林を入れても社員三人の小さい会社だが、前年売上、三分の一にも届いてはいない。


東京でいくつか代理店を回り、仙台に戻るため、午後七時台の新幹線に飛び乗った。

仙台駅から地下鉄に乗り換え、事務所のある泉中央駅に着いたのは、まもなく午後十時になろうとしていたときだった。

会社までの飲み屋の看板に未練を残しつつ、誘惑に負けないようにと足を速めたが、事務所の前まで来て、ふと足を止めたのは、見上げた二階の窓にこうこうと明かりが灯っていたからだ。

「あいつら、まだ残っててんのか……」

震災前ならともかく、今はこんな時間まで残業してこなすほど忙しくはないはずだ。それでも邪魔をしないようにと、静かに階段をあがり、二階のドアを開ける。そこには、センターテーブルで話し込んでいる橘と高橋の姿があった。

橘がドアを開けた林に気づき、「お帰りなさい」と声をかけてきた。

返事の代わりに「こんな遅くまでどうしたんだ」と問いかけてみる。

「ちょうど良かった。これ見てください」と橘がテーブルに数枚の紙を広げてみせた。

林は一旦、自席に鞄をおいて事務所中央に配してある橘と高橋のいるテーブルに座った。

「どうぞ」と橘が林の手元に先ほど広げた数枚の紙を滑らせる。

それは、昨日、キャラクターの製作依頼をしてきたカトー工芸社からの見積りだった。

見積り書の欄外に印字してあるファックスの受信時間は、今朝の六時四十三分とある。

「加藤社長、急いで作ってくれたんだな」と林が言うと、「それより、金額」と高橋に促され、一枚目をめくる。

林の目に飛び込んできたのは、税別九百八十万円の数字だった。

「ついに現実がやってきたな……」と林が呟いた。

「こんなにかかるんですね……」

「ああ、覚悟はしていたが、実際に数字を目にすると……」

そのあとの言葉が続かない。

事務所に流れる重苦しい沈黙を断ち切るように、橘が言った。

「たぶんこれから必要になると思って、仕事の合間に高橋と、今まで付き合いのあった代理店、クライアント、協力会社のリストを名刺等を基に作成してみました。取引実績の有る無しは分けましたけど、取引の浅い深いはランダムです」

そう言うと、林にファイルメーカーで作ったリストを渡した。

林は橘からリストを受け取り目を通す。

新潟の現場を全部任せっきりなのに、その合間にここまでのリストを作ってくれるとは……　胸中で詫びながら、「ここに片っ端から協賛してくれと、あたればいいんだな」と橘と高橋に言った。

「私達の判断で、絶対無理だなと思うところは省いています。それでも百社近くあります」

「一社、一万出してくれたら、百万だな」

「一社、十万なら、一千万ですよ！」

「そうだな！」

高橋の言葉に笑みを浮かべて林は相づちを打った。

しかし、ここにいる三人、誰一人、そんな甘いことがあるわけがないことを知っていた。

百社近くといっても、もう何年も付き合いのない会社も含まれている。そして、何よりほとんどがこの被災地にある会社だ。

自分達の会社と従業員を守ることで精一杯なはずなのである。

橘、高橋と、新潟の現場の件と、龍のスポンサー集めを簡単に打ち合わせた後、林は自宅でビールを飲みながら橘達が作ってくれたリストを眺めていた。

ほとんどの企業の住所が、〝宮城県〟と〝福島県〟で始まっていた。被災地三県以外に本社のあるところは、本社の所在地も載っているが数は少ない。

林は飲みかけのビールを置くと、書斎のテーブルの引き出しを開け、通帳を取り出し残高を確認する。

「二三〇万か…… ちっ、マンションなんか買わねばよかったな……」震災前に新築で購入したマンションの件に毒づき、通帳と印鑑を鞄に放り込んだ。

9

「うわあ！」

「まじかあ！」

「…………」衝撃で沈黙する者達。

六月中旬、リュウプロジェクトのメンバーがいつもの斎太郎に集まっていた。

メンバーが手にしているのは、カトー工芸社の見積りだ。

先ほどの驚きの声は、この見積りを見たメンバーの第一声だ。

一通り、ざわつきが治まったのを見て、林がメンバーに言った。

「先日、児島と東京に行った際、涼介に会って金額を下げるためのアドバイスをもらってきた。二枚目にその概要をまとめてあるが、要はキャラクター数と製作素材の見直しだ。製作素材は俺達じゃわからないので、カトー工芸社に事情を話して任せるしかない。今日決めたいのは、キャラクター数の変更だ。みんなの意見を聞きたい」

「避難所を回るとして、できることっていったら、握手撮影会くらいじゃないですか。それならいっそのこと、龍、一体だけで良いんじゃないですか？」

最初に資料を貰った斎藤がそう言うと、何人かが頷いた。

「せめて、怪人一体は欲しくないですか？　怪人一体あればミニショーもできますし」と原田が言った。

斎藤がさらに何か言いかけたとき、

「ちょっといいか」と斎藤を遮り児島が話し始めた。

「確かに、避難所を回るだけなら龍だけで十分だろう。しかし、考えてみてくれ、このプロジェクトが始まったら、いろいろな避難所から、〝うちにも来て欲しい〟と申し込みがあったらどうする。いや、必ず来る！　避難所に赴く俺達には金がかからないからいいだろう。けど、移動にはガソリン代がかかる。キャラクターだって補修費がかかる。何事も運営するにはそれなりに金がかかるんだ」

そこで一旦言葉を区切ると、みんなの顔を見渡した。

リュウプロジェクトのメンバーはボランティアで人件費はかからない。東北自動車道、三陸自動車道も、今は罹災証明があれば無料だ。しかしそれとて、いつまで続くかわからない。

みんなそれぞれ、児島の言葉を反芻している。

やがて児島が続けて話し始めた。

「これは、林さんやタラコとも話したんだが、俺達はその金を、企業や自治体などにパッケージショーを販売して稼ぐつもりだ。だからキャラクター数を考えるとき、三十分のパッケージショーができる最低のキャラクター数を考えてくれ」

メンバーは、児島の言葉に静かに頷いた。

「金は俺達が何とかする。お前達はその他のことに全力を投入してくれ」林が児島の言葉を補足した。

「フルパッケージショーが前提なら、自ずと必要キャラクターは決まってきますよね」

斎藤の言葉を皮切りに、フルパッケージショー前提で話が始まった。

「龍はもちろんですが、悪ボス一体、怪人一体、戦闘員。この組み合わせは必須ですよね」と杉山が言った。

「悪ボスは、兄のヴァイラスにするか、それとも弟のヴァイアグロスにするか……　ですね」

「どっちが安いんだろう」

原田の問いかけに、一条がそう言って見積書に目を落とした。

「あまり変わらないわ」

大きなため息をひとつ漏らすと、鈴木が言った。

それぞれが一から携わって作り上げてきたキャラクターだ。それぞれに思い入れがあってなかなか決まらない。

侃侃諤諤《かんかんがくがく》と若手を中心に議論が続き、その結果、作成するキャラクターは、龍はもちろんだが、傲魔一族はヴァイラス、傲魔獣アヴェス、タゴマール三体で、合計六体を作ることとなった。

今回見送られたのは、ヴァイラスの弟ヴァイアグロスと、呪術士ヤガールとタゴマール二体のキャラクターだ。

一条達がすでに作り始めていたショーの台本については、省けるキャラクターの台詞は省き、どうしても必要な場合はオフで対応することになった。

オフとは、アフレコなどの現場で、遠くにいたりして画面上に写っていないキャラクターに声をあてる場合に用いる専門用語だ。

まもなくお開きになろうとした頃、斎藤が林に声をかけてきた。

「林さん、今、資金ってどのくらい集まっているんでしょうか」

「二百三十万だ」

そう言うと、机に両手を付き、身を乗り出して言った。

「キャラクターの金額が決まっても、それだけでは動き出すことはできない。俺達の活動を避難所に知ってもらう広報費や当面の活動費も必要だ。今回、キャラ製作でいくら圧縮できるかわからないが、それ以外にも金は必要になる。ここは俺達が踏ん張ってなんとかする。ただ、みんなの周りに理解を示してくれそうな人や企業があったら教えてくれ。直接あたってもいいし、俺達が紹介を受けて交渉しにいっても構わない。ダメ元で探してみてくれ」

林の言葉に参加者全員が「はい」と力強く頷いた。

今日の議題がすべて終わったのを確認し、一条が手をあげた。

「実は、提案があるんですが」

「どうした」と児島が一条に水を向けた。

一条は、崩していた膝を揃えて座り直し、みんなに向かって言った。

「今、林さんが言った二百三十万は、私の個人名で新しく口座を作って入金しているんですが、このリュウプロジェクトを、ＮＰＯ法人にしたいと思うんですが……　いかがでしょうか？」

原田と杉山が、隣に座っているタラコに、小声で尋ねた。

「ＮＰＯってなんですか？」

「特定非営利活動法人の略でね、簡単に言うと、ＮＰＯを取得するということは、私達は社会的な公益活動を行う団体ですよ～と、宣言することだな」

「へえ～」と二人で頷いたあと原田が言った。

「公益活動なら、さっき児島さんが言っていたショーの販売って、ダメなんじゃないすか」

「あのね、公益活動っていっても、さっき林さんと児島が言ったように、運営していくには、ガソリン代等の経費がかかるでしょうよ。だから、ＮＰＯも事業により収入を得て、安定して社会に存続していくことが認められているのよ」

「んじゃ、普通の株式会社でもいいんじゃないすか」は杉山だ。

「税金が優遇されているとか！」

向かいの席にいた鈴木が話に混じってきた。

「残念！　税金は、株式会社と同じように支払わなくてはダメなのよ」

「ええ～」三人が一斉に声を揃える。

「一番の違いは、株式会社等の営利を目的とする会社は、利益を社員や株主で分配するんだけど、非営利で活動するＮＰＯは、このような利益の分配は行わず、今後の事業に充てなくてはならないのよ。おわかり」

「えー、だったらなおさら、株式会社の方がよくないですか」となおも杉山は食い下がった。

「う〜ん。考え方だな。杉山君、俺達がやろうとしていることは、金儲けかい」

「いえ、違います」

「そうだろう。ＮＰＯになるには、書類を出せばすぐなれるというわけじゃない。書類を出して二ヶ月間、一般市民に縦覧してもらう。その時点で、この団体はＮＰＯには不適合だと一般市民から言われれば終わり。そして、縦覧期間に何事もなければ、今度は所轄庁による審査が行われる。そして、承認されて初めてＮＰＯの設立登記ができるのよ。つまりＮＰＯ法人になるということは、公益活動を行う団体として認められたということ。ついでに言うと、毎年、ＮＰＯを管轄する仙台市に、事業報告と会計監査報告もしなくちゃいけない。そして、その報告はネット上で誰でも閲覧できる。ただのリュウプロジェクトより、その前に、ＮＰＯ法人がつく方が社会的信用力が増すわけだな」

いつしか原田、杉山だけではなく、その場の全員がタラコの説明に耳を傾けていた。

「すげー。タラコさん」と原田、杉山、鈴木が小さく拍手をした。

「と、言うわけで、俺は一条のＮＰＯ設立の案に賛成だな」

途中からタラコの説明を聞いていた林が言った。

「俺達の活動を明確化するためにもいいと思う」と児島が続き、全員が意義無しと大きく頷いた。

「一条、法人の登記は司法書士か行政書士に頼め、登記までの担当は任せていいか」

林の問いかけに、一条は「任せてください」と胸を張った。

「法人登記の住所は、ハルプランニングの住所にしておいていいよ。事務所の一角にリュウプロジェクトの事務所をおけばいい」

林はそう続けると、最後にとっておきの話があると言った。

その言葉に全員の目が林に向けられる。

「破牙神ライザー龍の主題歌だがな、歌っていただく人が、今、決まった」

「今ですか！」と原田が驚きの表情を見せて言った。

「そうだ。五分ほど前にスマホにメールが届いた」

林は一旦そこで言葉を切ると、みんなの顔を見回し、

「宮内さんだ。宮内タカユキが、龍の主題歌を歌ってくれることが決まった」と言った。

林の言った〝宮内タカユキ〟の名前を飲み込むまで、一瞬の間があったが、あの宮内タカユキと分かるや否や、

「すげえー！」

「まじか！」

みんなの喜びの声が交錯する。

店長の本田も、いつの間にかテーブルの端に座って、ガッツポーズをしていた。

「皆さんにお願いがあります」

思い思いに喜びを表現しているメンバーに向かい、タラコが呼びかけた。

メンバー全員がタラコに顔を向ける。

「主題歌と、エンディング主題歌の二種類の歌詞が欲しい。完全な詩にしなくてもいいので、思いついたら僕までメールを送って下さい。フレーズだけでもＯＫですのでよろしくお願いします」とタラコが言うと、若手を中心に大きく盛り上がった。

林は、タラコの歌詞の件を念押しし、今日のミーティングの終了を告げた。

ミーティングが終わり、残っているのは、いつもの林と児島とタラコ、そして店長の本田だ。

今日はそれに、橘と高橋が同席していた。

「いやあ、宮内さんが龍の歌を歌ってくれるなんて夢みたいですね」と残ったメンバーのグラスを代えながら本田が言った。

「ああ、ありがたいな」と林が言うと、

「夢って叶うんですね」と本田が続けた。

「夢によるだろ本田！」と児島がまぜかえし、和やかな笑いがおきた。

「タラちゃん、曲はどうなの」

林がタラコに問いかけた。

「もうイメージはあがっているので、みんなから出てきた歌詞を見ながら多少アレンジを加えれば、聞かせられると思います」

「たのしみだな〜」の本田の声に、

「まかせなさい！」とタラコが胸を張った。

主題歌の話が落ち着いた頃、高橋が林に向かって言った。

「さっき斎藤さんからお金の話が出たとき、なんで、〝俺が出した二百三十万だけだ〟って言わなかったんですか」

すかさず本田が、「林さん二百三十万出したんですか！」と驚いた。

「これから、金を集めるのに、自己資金〇円で、人様に〝金ください〟はないだろう。それとな、さっき俺が出したと言わなかったのは、若い奴らだって、資金が集まるか不安だろうよ。〝もう、二百三十万集まったんだ〟って思えばテンションも上がるだろうし、それに、使う予定の無い金だから大丈夫さ」

「いずれ、資金集めは急務ですね」と児島が言うと、その場の全員が頷いた。

仙台市本町。中心部からいくらか離れてはいるが、都心の一等地に児島のマンションが建っている。林と同じく、震災前に貯金をはたいて買ったマンションだ。

比較的早く帰ってきた児島は、妻の祥子とともに食卓を囲んでいる。共働きで、子どものいない児島夫婦はお互いに外食が多く、今まで二人で食卓を囲むことがほとんどなかった。

「震災以降、一緒に飯を食う機会が増えたな……」と一人言のように含み笑いをした。

「どうしたの、含み笑いなんかして」

「いや、二人でこうやって家で飯を食うのも久しぶりだなと思って」

そこまで言ってから、話を切り出した。

「ところで、お義父さんの容態はどう」

「相変わらず……　津波のショックが大きくて、まだ当分入院しなくちゃいけないみたい」

「そうか……」

児島は、林ほどは無理だが、自身の預金を崩してリュウプロジェクトに提供しようと考えていたのだが、震災時、金華山沖で被災し、二日間小舟で漂流した後、奇跡的に自衛隊に救出された義理の父親の容態を考えると、とても言い出すことはできなかった。

一方、タラコの所も息子が私立に通う大学生である。その授業料が年間百万円以上かかっていた。震災以降作曲の仕事は止まり、音楽講師のギャラだけでは、息子の学費で手一杯だ。児島もタラコもそれぞれに考え、悩み、苦しんでいた。しかしこの時点では、まだ光は見えなかった。

第四章　窮地

1

ミーティングがあった翌日、ハルプランニングの事務所に橘、高橋の姿に混じって一条の姿があった。空いている机を借り、電話で、事務所近くの行政書士と登記についての打ち合わせをしていた。

橘と高橋の二人は、先日作った取引先リストを手に、アポをとっている。県内の企業は仕事が薄くなっているのだろう。アポイントは比較的簡単にとれる。

午前中、本来の仕事の合間にアポ取りの作業をし、午後から資料を持って協賛金のお願いに出向いていく。

林は外出前にカトー工芸社に事務所から電話を入れた。

「はい。加藤です」

「仙台のハルプランニングの林です。先日の見積りの件で……」と話を切り出した林は、キャラクター素材の変更、キャラクター数の変更等を伝え、再見積りを依頼した。

林の話が終わり、加藤から出た言葉は、

「昨日、龍のベースとなる生地をいくつか送ったから、どれがいいか選んでね。ベースのスーツはセパレートにするから。テレビは役者が固定だからジャンプスーツで作るんだが、アトラクション用は役者が決まっていないから、セパレートにするよ」というものだった。

もちろん、サンダーライガーのアトラクスーツで、セパレートは着慣れていたので、異存のあるはずもない。

それよりもカトー工芸社の進捗状況と製作金額が気になった。

「加藤さん……　あの……」

林が電話口で言い淀むと、加藤は先回りして言った。

「林さん、この龍は、一日でも早く欲しいのだろ。うちの職人達が、七月末納品の仕事を残業続きで、まだ六月だっつうのに終わらしちまった。暇だから、龍を作りたいんだとよ。だからまずは早く生地の素材を決めてくれ」

加藤の優しさに、胸の奥からこみ上げてくるものがある。

「ありがとうございます……」そう言うのが精一杯だった。

続けて加藤は、「キャラクター何を減らしたんだい」と尋ねた。

「ヴァイアグロスとヤガールです。それと戦闘員のタゴマールも二体減らしました」

「そうするとでかいのが二体減るということね」と受話器の向こう側で加藤の思案している様子が伝わってくる。

しばらくすると、

「林さん、六百万……　いや、五百万くらいだったら集められそうかい」

「えっ、五百万でいいのですか……」

キャラクターを減らしたとはいえ、当初の金額の約半分だ。あまりの下げ幅に林は言葉が続かなかった。

「林さんどうだい。できるか」

「はい、必ず。必ず集めます」

「じゃ、あとで正式な見積りを送るから」

「前渡し金はおいくら入れたらいいですか」

造形の世界では、高額取引の場合、前金、中間金、後金と支払を、二回または三回に分けるのが慣例であった。ましてや、伊藤の紹介とはいえ、初めての取り引きである。

「まずは、五百万集まったら連絡をくれ。金はその時でいい」

「何から何まですみません。それではお世話になります」と言って通話を切った。

「みんな、聞いてくれ」

林の声に一斉に橘、高橋、一条が振り返った。

「造作の金額だが、総額で五百万に決まった」

「えっ、約半額じゃないですか。キャラクター数は予定どおりなんですか」と一条が若干心配そうに尋ねた。

「ああ、予定どおり最初の見積もりから、ヴァイアグロス、ヤガール、戦闘員二体を除いてすべて製作してくれるそうだ。加藤社長のおかげだ」

「うわあー！　素敵！」高橋が胸の前で手を握って叫んだ。

「じゃ、この企画書も書き直した方がいいですね」

橘がそれまで協賛金を集めるために使っていた企画書を手に持ちながら微笑んでいる。

「そうだな、橘、急いで書き直してくれるか。今から行く企業には新しい企画書を持って行きたい」

「わかりました」と橘が応え、すぐにパソコンに向き合い修正し始めた。

林は、今日にでも生地素材のサンプルが届くことを一条に伝え、届いたらみんなの意見を集約するように頼むと、児島達にキャラクターの製作金額が決まったことを伝えるために自席にもどった。


「一万でも二万でも構いませんので、ぜひご検討ください」

林が橘の作った企画書を持って最初に訪れたのは、本業でお世話になっている広告代理店の紹介でアポがとれた全国的な飲料メーカーの仙台支店だった。

五百万をどうしても集めなくてはいけない理由を説明している林に、担当者は必要以上に「すごいですね！」を連発している。

「ほおー、それはすごい！」

またか……　言葉以上に大袈裟な表情をみせる担当者に、胸中で毒づきながら説明を続ける。

林の話が終わる前に、

「そもそも、こんなに立派なキャラクターが必要なんですか？」と言葉をかぶせてくる担当者。

「ですからそれは、先ほどからお話し申し上げているように、私達はテレビクォリティのヒーローを作ろうとしているのです」

ややムッとして林が応えた。

「そこなんですよ。だって俗に言うご当地ヒーローでしょ」

「そうなのですが……」

「誰もそんなクオリティを求めてないと思うんですよね。宮城にもご当地ヒーローと呼ばれるものはたくさんあるじゃないですか。その方々は、自分達で手作りしながら自分達の町をＰＲするために一生懸命だと聞いています。もう少し身の丈にあった計画を立てられた方がいいかと思いますけどね」

全国に支店があるこれだけ大きいメーカーだと、地元の中小零細企業とは異なり、少額といえども、ことの次第を詳細に書いた伺い書を上司に提出して、決済を仰がなくてはならない。いわゆる稟議書と呼ばれるものだ。

しかしこの担当者には、端から協賛金を出すための稟議書を書くつもりが無いことが丸見えだ。早く諦めて帰って欲しい一心なのだ。

「仮にですよ、五百万が集まってキャラクターができたとしますよ。林さん達の企画書を見ると、無償で避難所や幼稚園、保育園を回るとありますよね。志は立派です。でも、その運営費はどうされるおつもりです」

林に早く諦めてもらいたいために言葉を重ねる担当者。

「それは、ショーパッケージを作って、一般企業や自治体のイベント開催時に買ってもらいます」

大真面目に答えた林に、大袈裟なリアクションを見せた担当者は、

「それはそれはまた、壮大な夢ですな。キャラクターショーって、すでに大手で歴史のあるサンダーライガーやコスモエースがいるじゃないですか。一介のご当地ヒーローにそんなに需要があるとは思えないな」

サンダーライガーやコスモエースのような大手を引き合いに出し、お前らごときに何ができる――。

そう頭から決め付けている態度だ。

「何も張り合おうというわけじゃありません。サンダーライガー達ができなかったことをやろうと言っているのです。お金のある企業や自治体で、これまでサンダーやコスモを呼んでいたところはこれからも呼べばいいんです。中には予算的にキャラクターショーを呼びたくても呼べない企業や自治体もあります。そういうところに買ってもらおうと言っているんです」

林が話している間中、右手の指で回していたボールペンを握りなおし、

「林さんのお話はわかりました。いずれ、こっちでは決裁権がないので本社に稟議書をあげてみます。ただご承知のとおり、我が社もこの震災でかなりのダメージを負いました。あまり期待しないでくださいね。いや期待しない方がいいと思います」

担当者は明らかに面倒くさそうに、林の言葉にそう言うと、打ち合わせの終了を告げるように資料をしまい始めた。

林はそれを見ながら、言いようのない寂寥《せきりょう》が広がっていくのを感じていた。

たった今出てきた飲料メーカーの社屋を見上げ、スマホの番号を呼び出し、繋がった相手に紹介いただいたお礼と、打ち合わせの概略を報告して電話を切った。

林は大きなため息をついた後、「よし!」と気合を入れ、次の企業へと向かった。

午後五時過ぎ、ハルプランニングの面々が帰って来た。

「お帰りなさい」と向かえる一条の顔は、「どうでしたか」と聞きたがっている。

最後の高橋が帰ってきて、ミーティングが始まった。

「感触の良かったところはあったか？」と林が聞くと、二人とも首を横にふった。

「俺も同じだ」

「どの企業もこの震災で被った被害が大きく、なかなか首を縦にふっていただけません」

橋の意見に高橋が、「せっかく製作金額を加藤社長が安くしてくれたのに……　なんか上手くいかないですね」と続けた。

「まだ始まったばかりじゃないか、お前達はこれで諦めるのか？　確かにこの経済環境がボロボロになったこの地で、五百万を集めるのは至難の技かもしれない。それでも俺達は集めなくてはならない。ここで俺達が諦めたら、被災地の子ども達の夢や希望がまた一つ失われてしまう。あと、二百七十万だ。なんとかして達成しよう」

林の言葉に、三人は大きく「はい！」と頷く。

2

林達は新潟の現場以外、資金集めに奔走する毎日が続いた。児島やタラコの尽力もあり、林の二百三十万以外に七十五万円が集まっていた。

しかし、それ以降、協賛金の集まり具合はまったくと言っていいほど遅々として進まなかった。

あと、百九十五万――。

しかし、その百九十五万が永遠に届かない金額に思えてくる林達であった。

児島から橘のスマホに着信があったのは、まもなく七月になろうとする頃だった。暦の上では仲夏であるが、未だ梅雨明けの気配もなく、梅雨空の鬱陶しい日々が続いていた。

そう、まるで、リュウプロジェクトメンバーの心を映したかのように――。


橘の机の上で、バイブにしていたスマホが震えた。

「はい。橘です」

「児島ですが、今日、お時間取れませんか。龍の件で、タラコも交えて打ち合わせをしたいのですが」

「今日、林は東京に行っていますが」

「ええ、知っています。林さんに隠すわけじゃないんですが、現在の進行状況を知りたいんです。本当はどうなっているのか…… 林さんが帰ってきたら、話していただいても構いません。話の内容によっては、俺からも話すつもりです」

「わかりました。高橋と一条も同席させて構いませんか」

「もちろんです」と児島は応え、電話を終えた。

その店は、泉中央駅付近の繁華街の一番端に位置するビルにあった。入口に控えめな看板が出ているが、見る限り何の店かはよくわからない。しかし、店内は落ち着いた雰囲気で、静かに話をするにはうってつけの店だ。

店員がメニューを持ってきて初めて、イタリアンとの和洋折衷の店だとわかる。

その二階で、五人の男女がテーブルを囲んでいた。

「忙しいところ、すみませんでした」

児島が、多少改まって軽く頭を下げた。

「大丈夫ですよ。震災前は今より大分忙しかったですから」橘が応えた。

「そうですか」とタラコが応えたあとに、児島が言った。

「橘さん、今日の段階で、協賛金っていくら集まっていますか」

「佳奈ちゃん。入金明細と、申込一覧のコピーをお二人にお渡しして」

言葉遣い、たたずまい、仕事、すべてにそつがない。橘を漢字一文字で表すとすると〝凛〟であろう。

橘は、児島とタラコに渡した資料に目を落としながら質問に応える。

「ご覧のとおり、林の二百三十万から増えているのは七十五万です。これは、児島さんとタラコさん達が中心になって、先月までに集まった金額です。それ以降は止まっています」

「橘さん、単刀直入に聞く。このプロジェクト、このままで本当にいけると思いますか？」

児島の問いかけに、橘は思わず押し黙った。

「林さんの一番近くにいる橘さん達が、どう思っているか、どう感じているかが聞きたいんです」

隣ではいつになく真剣な表情でタラコが橘を見つめていた。

まさか、こんな重い展開になるとは考えていなかった高橋と一条は、橘と児島達の間を、目が行ったり来たりしている。

「児島さん、タラコさん」と二人の目を真っすぐ見据え、橘が口を開いた。

「私が林の立場でしたら、この協賛金の集まり具合ですから、無理とは言わないまでも、プロジェクトの規模縮小は考えると思います」

「林さんはどう思っているんだろう」タラコが聞いた。

「林も困っています。ただ……」と一旦言葉を切り、もう一度、児島とタラコを見据えて続けた。

「林は絶対諦めないと思います」

高橋と一条の顔が明るく輝き、橘を見つめる。

児島もタラコも橘を見つめている。

「何の仕事でも、真心込めて進めていく上で、楽な仕事ってないのではないでしょうか。特に、事業の規模が大きくなるにつれ、大小様々な壁に必ずぶつかることが出てくると思います……　私の知っている林貴志という男は、壁にぶつかり、どんな困難な状況になっても、そこに一パーセントでも可能性がある限り、絶対に諦めない人です。きっと今日も、東京で資金集めに這いずり回っているのだと思います……　林はそういう男です」

橘が話し終わっても、誰一人声を発する者はいない。

児島もタラコも、グラスを見つめ何ごとか考え込んでいた。

重たい空気をまとった沈黙を破り、

「児島、俺達考え過ぎだったんじゃないか。俺達が個人的に、まとまった金を出すのが難しかったから、林さんも無理してんじゃないかって勝手に考えて、林さんを心配するふりをしていたが、実は俺達が、自分自身に後ろめたさを感じていただけじゃないのか」

タラコは言って、橘、高橋、一条に向かい、「すまなかった」と頭を下げた。

児島もタラコにならい、

「俺の考え過ぎのようでした。すみません」と頭を下げたあとに宣言した。

「あと、百九十五万。なんとしても集めますから」

「いつものみんなが戻ってきた……」

その様子を見ながら、高橋と一条が小声で呟いた。

「それに、資金集めは、今足りていない百九十五万で終わりではないはずです。以前、児島さんがお話していたように、このプロジェクトがスタートしたら、運営していくのにもお金が必要です。そのときにも核になるのは、林はもちろんですが、児島さん、タラコさん達だと思います。ぜひ、よろしくお願いします」

そう言うと、橘は深々と頭を下げた。

「頭を上げてください。もちろん、そっちの件は、もうすでに、ＴＢＣの事業部にも話を持って行っています」

と児島が言った。

「ＴＢＣって、東北放送ですか」

一条が驚いた顔で聞き返した。

「ああ。正直言って、海のものとも、山のものともつかないものに、協賛するのはハードルが高い。ただし、TBCが納得できるような形ができたときには、まずは利府の住宅展示場のイベントでショーを買ってもらうことを内諾いただいている」

「わあ、すごーい」と一条が満面の笑みを浮かべた。

「おお、児島すげえー！」とタラコが言った。

「さあ、ここからはいつもの飲み会ということで、カンパーイ！」と児島がグラスを翳《かざ》した。

みんなもそれに合わせ「カンパーイ！」とグラスを合わせ、先ほどまでの重苦しい空気が嘘のような飲み会になった。

3

林が東京から戻ってきて、数日経った頃。

カレンダーはすでに七月に突入している。

ハルプランニングに東京から一本の電話がかかってきた。

「林さん、東京の菅原さんからです」と高橋の呼びかけに、先日東京で会ってきた姉弟の姿を思い浮かべる。

以前、林が一時期東京に住んでいたときに、近所に住んでいた姉弟。その時はまだ中学生と小学生だった。

先日会った時には姉は嫁いで三人の子供を育てており、弟は父親の経営するゲームセンターの店長をしていた。

震災後、林と同姓同名の行方不明者の名前を見つけ、あちらから連絡をしてきてくれたのだ。

そんなこともあり、東京に行った際、二十数年振りに会ってきた。

受話器をあげ、「やあ、先日はありがとう」と言うと、いくぶん嗄れた声が受話器から聞こえてきた。

「先日は、娘と息子がお世話になりました。番号は娘から聞きました。突然申し訳ございません」

電話の主は、菅原姉弟の父親だった。

姉か弟からの電話と思い、軽く電話に出てしまったことを後悔しながら、「申し訳ございません。怜子さんか良一くんかと思ってしまいました」

「いいんですよ。それより今回の件は本当に大変でしたね。怜子から、林さんが無事だったと聞いて、うちの奴も本当に喜んでおりました」

「ありがとうございます」

「林さん、実は来週、家族で宮城に行こうと思うんです。決して物見遊山目的で行くわけではありません。実際に、この目で被災地の現状を見て、私達に何ができるのかを確かめたいのです。そのときに、ぜひ、林さんにお会いしたいのですが、一時間程度、お時間いただけませんか」

「もちろんです。ぜひ、お立ち寄りください。日程等は決まっているのでしょうか」

「来週の金曜日に仙台に入って、土日で被災地を見て回るつもりです」

その日は、新潟の出発日だったが、あとで新幹線で追っかけるか……と即断し、

「それでは、お待ちしています」と応えた。

「ありがとうございます。お会いできるのが楽しみです」

「こちらこそ。それでは……」と電話を切ろうとすると、菅原が、「すみません。うちの奴が代わりたいというので、代わってもよろしいですか」と尋ねた。

林の「もちろんです」の言葉を聞き、妻の浩子に代わった。

二十数年ぶりに聞く浩子の声は、あの頃とまったく変わっていなかった。

一気に、東京池袋に住んでいた頃まで時代を遡ってしまう。

「林さん、それでね……」の浩子の声に再び電話に集中する。

「東京で用意ができる物で、そちらが必要としている物って何かしら」と浩子が尋ねた。

「少々お待ちください」と断りを入れ、保留ボタンを押したあとに橘に尋ねた。

「女川で最近必要なものって何かある」

「未だ、靴等が足りていないようです。あと乾電池も足りないそうです」と即座に答えが返ってきた。

「それと、話には出てないのですが、救援物資の配給を貰いに行くのに、エコバッグみたいな簡単なバッグとかがあると便利かもしれません。皆さんコンビニ袋のようなものを利用したりしていましたから。後、何か子ども達が遊べるような物があるとストレス解消にいいかもしれません」

「了解」と右手をあげて、浩子との電話に戻り、橘から聞いたことをそのまま伝えた。

「わかったわ。できる限り揃えてもって行くようにするわね。それじゃ、身体に気をつけてね」

「恐れ入ります。ありがとうございます」と礼を言って電話を終えた。

4

翌週金曜日、菅原達が訪ねてくる予定の日、林は先発スタッフを送り出した後、自分の机に座り、橘達が作ってくれた取引先リストを広げた。

もうすでに、たくさんのバツ印や三角印がついている。見る限り丸印はほとんどない。隙間にも文字がびっしりと書かれている。

林は、三角印のついた欄に指をあて、机の上の電話で番号を押していく。担当者に繋いでもらい、

「先日のご協賛の件、いかがでしょうか……」と問いかけ、何事か二言三言を話しては電話を切る。

深い大きな溜息をつき、バツ印を三角の上に書きつける。

「さあ、次！」と気合を入れ、その下の番号にまた電話をする。

何件目かの電話をしようと受話器を上げたとき、机の上のスマホが、ブルルと震えた。

着信欄に、菅原怜子と表示されている。

「着いたかな……」と呟き、「はい、林です」と電話に出た。

「林さん、ナビでだいたいの場所まで来たんですけど、どの辺になりますか」

電話に出ると、怜子の明るい声が響いてきた。

「どれ」と二階の窓から顔を出すと、目の前の道路に見慣れない車が二台並んでいた。

「あっ、林さん！」

怜子が車の窓を開けて大声で叫んだ。

スマホをあてている耳からと、反対の耳からダイレクトに聞こえて来る怜子の声は、壊れたラジオのステレオ放送のようだ。

挨拶もそこそこに、東京から運んできた物資を事務所の一階に搬入した後、二階のセンターテーブルに座っているのは、怜子とその両親、そして林の四人だ。

怜子の子ども達と、東京から一緒に来た友人達は、来る途中で見たという公園に行ったそうだ。

林は、他のスタッフが新潟に出張に行っていることを詫び、橘や高橋より明らかに段取りの悪い給仕をしながら三人にお茶を出す。

お茶を一口飲んだ後、菅原が切り出した。

「林さん、怜子から聞きました。そして読ませていただきました」

そう言うと、鞄から、林達が協賛金をお願いして歩くときに渡す資料を取り出して机に置いた。

震災後、久しぶりに怜子達に会ったときのことを思い出した。

柄にもなく怜子達に、避難所にいる子ども達のためにヒーローを作るんだと熱く語ったことを――。

あのとき、デザイン画を見せるために持っていた資料を開いた。

〝頂戴〟と言われ、何の気無しに〝いいよ〟と渡した資料だ。

そんなことをぼんやり思い出していると、菅原が妻の浩子に「おい」と催促した。

浩子は自分の鞄の中から千葉銀行の封筒を取り出し、林の前にそっとおいた。

「林さん、その封筒には百万円が入っています。このプロジェクトを成就させるためには微々たる金額だと思いますが、どうか納めてください。ゲームセンターのほとんどが千葉で展開していたため、店舗も無傷ではありませんでしたが、こちらの被害状況と比べたら……」

菅原は、そこで一旦言葉を切り目を瞑った。

一呼吸の後、目を開いて言った。

「林さん達の力になりたいのです」

そしてもう一度、「どうか、お受け取りください」と言って頭を下げた。

浩子が、隣の怜子を見ながら、

「この子が中学でグレそうになったとき、近くに林さんがいて、いつも怜子の話し相手になってくれたから、最後の一線を踏み超えずにいられたのです。これはそのときの恩返しも含めてです」と言うと、菅原も隣で静かに頷く。

林は銀行の封筒を見つめながら、溢れ出そうになる涙を必死にこらえていたが、最初のひと雫の涙がこぼれてしまうと、あとはもう、流れでる涙を抑えることができなかった。

菅原達が帰った後、林はパソコンのメールを立ち上げ、「本日、百万円の協賛金の申し出が有り。五百万円まで、残り九十五万円」このあとに、協賛してくれた菅原との関係と、簡単な経緯を書いて、メンバーに一斉送信で送った。

ほどなく、メンバー全員から返信が返って来る。

そのすべてが、自分達の〝想い〟にもう少しで手が届く喜びに満ちあふれたものだった。

林は、みんなのメール読んだ後、左腕で両目をぬぐうと、一人新潟に出発した。

5

林が新潟から戻った月曜日、「林さん、新潟から戻られましたか」とタラコから電話があった。

「ええ、今日戻りました。今、事務所にいます」

林の返事を聞くと、タラコは嬉しそうに言った。

「主題歌とエンディングができました。とりあえずワンコーラスですが、仮り歌まで入れてあるので聴いてもらえますか」

「できましたか！」

「はい。データは、さっき林さんのパソコンにオンラインストレージで送っています」

「わかりました。早速聴いてみます」

「では、感想よろしくです！」と言って電話を切った。

林は机に戻り、タラコが送ってよこしたオンラインストレージから、データをダウンロードし始めた。データが重いのだろう。なかなかダウンロードが進まない。

ダウンロード画面の水色のバーが右端に到達すると同時に、パソコンが〝ポーン〟と終了の合図を知らせた。

「みんな、タラちゃんが主題歌とエンディングを送ってくれた」と言いながら、センターテーブルにノートパソコンを持っていく。

事務所にいた橋、高橋、一条が集まってくると、林は「主題歌」と書かれたデータをダブルクリックする。

音楽ソフトが立ち上がり、前奏に続いて歌が始まった。

歌が始まった途端、高橋が「きゃあー、これ私のフレーズ！」と叫び、橋から「しっ」と窘められる。

ペロっと舌をだした後、口パクで「ごめんなさい」と言った。

何度か主題歌をリプレイした後、今度はエンディング主題歌のデータをダブルクリックした。

エンディングは主題歌とは異なり、ぐっとテンポが抑えられている。エンディングには、〝破牙神ライザー龍〟のフレーズは一度も出てこなかったが、あの日以来、力強く前に進もうとしている人々を後押しするような優しい歌だった。

タイトル案として、〝泣きながら生まれて〟とある。

泣きながら生まれて……　林は胸中で反芻し、「良いタイトルだ……」と呟いた。

リプレイボタンを押しながら三人を見ると、三人とも瞼に涙をにじませていた。

一条は林と目が会うと大きく頷く。

「何かいろいろ思い出しちゃって……」

指でそっと涙をぬぐいながら橋が言った。

感想等、聞くまでもない。みんな気に入っているのは、その表情で明らかだった。

「パソコン持っているメンバーには俺から送るが、携帯メールしかない原田と杉山には、ＣＤに落として持って行ってくれるか」と林が一条に言った。

「はい。今日の夕方に持って行きます」と一条がニッコリ笑いながら応えた。

林は自席に戻ると、パソコンを持っているメンバーに、「感想をタラコまで送ってくれ」と添えてデータを転送した。

曲の感想は、ＣＣで林にも送られてきた。

その日の夜は、タラコが作った曲の感想でメールフォルダーが溢れ返らんばかりであった。

原田などは、聴くたびに感想を送っているようだ。

「あの、イントロ前のピーというやかんの沸騰したような音。タラコさんのこだわりがカッコイイ」と半ばずれている感想が多いが、気に入っているのは明らかだ。

みんなのメールを読んでいると、タラコからスマホに電話があった。

「お疲れ様です。タラコです」

「みんな気に入っているようですね」

「ええ。良かったです。このまま、フルコーラスに仕上げますね」

「お願いします」

「ところで、収録日の打合せと収録方法の相談を宮内さん側として欲しいんですが、お願いできますか」

「もちろんです。で、いつくらいで調整すれば良いですか」

一瞬考えた後、「七月中旬以降。できれば仙台で録りたいのですが」

「わかりました。それでお願いしてみます」と言って、収録に際しての件を諸々打ち合わせた後、タラコとの電話を終えた。

タラコとの電話を終えた林は、そのまま宮内に繋いでくれた吉田に電話をかけた。

「はい、吉田」今回はすぐに出た。

いつものようにぶっきらぼうではあるが、それが吉田の照れ隠しであることを林は知っていた。

「林です。曲が上がったので収録日の擦り合わせをしたいのですが」

「丁度良かった。宮内さんのマネージャーが一度、林と話をしたいそうだ。この後、直接かけてみてくれるか。収録の話も、その時に聞いてみてくれ」と言って、宮内のマネージャーの携帯番号を教えてくれた。

林は丁寧にお礼を言い、吉田の電話を切った後、今、教えてもらった番号を押し、相手が電話に出るのを待った。

ほどなく、「はい。樋浦です」と林よりいくぶん年上であろうと思われる女性の声が聞こえてきた。

「私、吉田さんのご紹介でお電話を差し上げております、ハルプランニングの林と申します」

一瞬、間があってから、「ああ、リュウプロジェクトの林さんね」と返された。

ハルプランニングって言ってもわかるわけないか……　そう胸中で呟き、「そうです。この度は、お忙しい中、私達の歌唱の件でご快諾いただき、本当にありがとうございました」と言った。

樋浦は、少々緊張気味の林に、「ふふっ」と笑い、「林さん、こちらこそよろしくお願いします。宮内も今回の件、とても喜んでいて、皆さんのお手伝いが出来ることを、とても楽しみにしているんですよ」と続けた。

その後、具体的な日取りを擦り合わせ、収録場所を仙台でという案も快諾してもらった。さらに、話の流れで、

エンディング主題歌の歌唱する人が決まっていないことを伝えると、

「もし、良ければ宮内の娘に歌わせましょうか」と樋浦から提案された。

宮内の娘、真友は、二〇〇四年にＮＨＫ教育テレビの「なんでもＱ」に、父タカユキと協演をしたのを皮切りに、二〇〇八年には、アニメ「シャンプー王子」のエンディング主題歌を務めている。その他にも宮内タカユキライブではコーラスを担当。その美しく伸びやかな歌声には定評がある。

タラコに聞かずに決めて良いものか迷ったものの、宮内親子が、龍の主題歌とエンディングを歌うことの魅力が勝り、「ぜひ、お願いします」と言い、龍の主題歌を宮内タカユキ、エンディング主題歌を宮内の実娘、宮内真友が歌うことに決まった。

収録日は七月二十七日。仙台の老舗の録音スタジオ〝音屋スタジオ〟である。

ここでまた、一歩前進したリュウプロジェクトであるが、未だ一番重要な、目標金額の五百万には届いていなかった。

6

杜の都仙台のシンボル、定禅寺通りのケヤキ並木から、いつの間にかアブラゼミの鳴き声が聞こえなくなっていた。代わりに、定禅寺通りの先にある西公園では、ミンミンゼミの声が大きく聞こえて来る。

林とタラコ、そして一条が、定禅寺通りの濃い緑道から続く、西公園を歩いていた。

今日は待ちに待った主題歌の収録日だ。夕方からの収録に合わせ、宮内が泊まるシティホテルでの打ち合わせに向かっている。

午後一時、約束の時間ちょうどにホテルに着き、フロントで宮内のマネージャーを呼び出してもらう。

ほどなくエレベーターの到着を知らせる音とともにドアが開き、マネージャーの樋浦と、宮内タカユキ本人が降りてきた。

Tシャツにジーンズというラフな格好ではあったが、そこには、見紛うことのない本人が立っていた。

林は、一九八七年から一九八九年までの二年間、毎日のように聞いていた歌声の本人を目の前にして、微かな感動を覚えていた。

「リュウプロジェクトの林です」

林の挨拶に続き、タラコ、一条も挨拶をする。

「宮内です」

宮内はそう言うと、右手を差し出し三人と握手を交わした。

「この度は、本当にありがとうございました」林が言った。

「こちらこそ、お声がけいただきありがとうございました」と宮内が応えるとマネージャーの樋浦が、「今回のレコーディング、宮内もとっても楽しみにしていて、林さん達から送られてきたプロジェクトの企画書を毎日眺めていたんですよ」と付け加えた。

「ありがとうございます」

林、タラコ、一条は、三人揃って頭を下げた。

「ここではなんですから、向こうで収録の打ち合わせをしませんか」

林はそう言って、ホテルのラウンジにある喫茶コーナーを指差した。

五人が喫茶コーナーに入ると、サービス係が、奥の五人がゆっくり座れるテーブルへと案内してくれた。

そのままコーヒーを注文し、早速、収録の打ち合わせが始まった。ここでは、リュウプロジェクトの主題歌、エンディング主題歌、背景音楽などを全て作っているタラコが中心になって進めていく。

林は、歌い方やレコーディングの技術的なことは半分以上理解できなかったが、このあとやってくる実娘、真友は、直接午後二時半までにスタジオに入ることと、宮内の収録は予定どおりその後、五時からであることはわかった。

林達は最後に、「それではよろしくお願いします」と言い、四時十五分にリュウプロジェクトの斎藤がホテルまで迎えに来ることを付け加え、ホテルを後にした。

「時間、間に合いますか?」一条が時計を見ながら言った。

「ここからだと、車を取ってから向かうより、歩いた方が早いかもしれないですね」林が言うと、タラコが、「たしかに」と応えた。

「じゃ、僕が車を取ってからスタジオに向かいます。二人は先に行っていてください。僕は一旦会社に寄ってから向かいますので、収録の方はお願いします。宮内さんの収録が終わる前にはスタジオに入ります」

タラコが「了解!」と右手をあげると、一条が「じゃ、先に行っていますので、よろしくお願いします」と頭を下げた。

林も二人に片手をあげると、反対方向に歩き出した。

林がスタジオに着いたのは午後五時を三十分ほど過ぎた頃だ。玄関のドアを開けようと引いたが、一〇センチほど空いて何かに引っかかっているようだ。押したり引いたりしていると、中から音屋スタジオのスタッフが出てきて開けてくれた。

「すみません。地震の影響でドアの開閉にコツがいるようになっちゃって」

そう言うと頭をかきながら笑った。

林も笑顔で応え、「リュウプロジェクトですが、うちのメンバーはどこのスタジオでしょうか」と尋ねた。

「ここですよ」と言って、目の前の〝Aスタジオ〟と書かれたドアを指差した。

林は、スタッフに軽く頭を下げ、今、指差された録音スタジオ特有の重厚なドアノブを引き下げた。

〝ガシャ〟という重みのある音と共に、ドアが若干手前に押し出されると、同時に中の音楽も空気と共に押し出されてきた。

完成から何度も聞いてきた主題歌だ。仮り歌ではなく、宮内タカユキ本人が歌う主題歌だ。

林がレコーディングミキサーの邪魔にならないようにと、録音ブースの前室に体を滑り込ませると、中には仕事で来ることができないと言っていた、児島、橘、高橋の三人を除く全員が揃っていた。

みんな小声で「お疲れ様です」と挨拶をよこす。林も小声で応える。

歌い終えた宮内がヘッドフォンを外してタラコに言った。

「タラコさん、通しで歌ってみましたが、どうでしょうか」

宮内の声は、レコーディングミキサーが、オペレートを行う前室の壁に設えたモニタースピーカーをとおして、その場にいる全員に届けられる。

タラコが、ミキサー卓のトークバックボタンを押しながら応える。

「全体的には問題ないと思いますが、最後の〝リュウ〟のところをもう少しシャウトをきかせていただけますか」

「了解。一度、サビの部分だけ歌ってみますね」

宮内はそういうと、パターンを変えて何度か繰り返した。タラコとのやりとりが何度か続いた後、タラコの「それでは本番行きますか」の合図で、本番がスタートした。

さすがプロである。本番までに何度か確認作業などはあったが、本番は2テイクで終わり、午後五時から始まったレコーディングは七時前に終了した。

この後、タラコとミックスダウンの打ち合わせを行い、宮内達は東京に戻るため、斎藤の車で仙台駅に向かった。

「お疲れ様でした」林がタラコに声をかけた。

タラコも「お疲れでした」と言ったあとに続けた。

「まさにヒーローソングの王道って感じの歌い方でしたね。特に最後の〝リュウ〜〟のシャウトは絶品でしたよ。そして真友さんも、これまた歌声が綺麗で、エンディングの曲と詩にバッチリはまりました」

タラコはそう言うと、満足そうに顔をほころばせた。

「そうですか。それは楽しみだなあ」

「ええ。この後、細かい修正をしながらミックスダウンをしますが、三日程度で仕上げますので楽しみにしていてください」

その後、林とタラコはその他の楽曲の件を打ち合わせて別れた。

林が外に出ると、隣の駐車場から、宮内の歌まねをした主題歌が聞こえてきた。どうやら興奮覚めやらぬ原田と杉山が歌っているらしい。

主題歌とエンディング主題歌、この二つの楽曲ができたことで、リュウプロジェクトは、また大きく一歩前進した。

7

林を筆頭に、児島、タラコ、そしてリュウプロジェクトメンバーの奮闘で、目標の五百万まで、あと一歩に迫ったのは、カレンダーが八月に変わった、夏の厳しい暑さの続く日であった。

タラコが、ハルプランニング経由で依頼された作曲の仕事の利益を、協賛金に充当したのも大きかった。また、小額で協賛してくれる人達もここにきて増えてきたのだ。

企業というより個人での申し出が多かった。会社の経営者や代表者個人も多い。

「あと、四万二千円か」と呟きながら、林は手にした協賛リストの協賛者名を追っていた。

林の目が、ある一人の名前で止まった。それは、企業名ではなく個人名であった。

その名前は、二週間ほど前、林が自ら足を運んだ印刷屋の社長と同姓同名だった。

その時のやり取りが思い出される。

「林さん、気持ちはわかるが、リストラまでして会社をなんとか存続させようとしているときに、協賛は無理な相談だ……　力になれず申し訳ない」

「いえ。大丈夫ですよ。仕事頑張ってくださいね」

そう言ってその会社をあとにした。

林は橘にリストを見せながら、「この人、誰関係？」と尋ねた。

橘には思い当たる節がないようだ。そのまま、橘が高橋に尋ねた。

高橋は名前を見るなり、

「この方、本人からの電話です。知り合いからこのプロジェクトのことを聞いたらしく、個人でも協賛できるのかと、いくらから協賛できるのかと尋ねられました。いくらでも構いませんと答えると、申し込み用紙が欲しいとのことでしたのでファックスで送りました」

申し込み用紙の協賛金額には五千円とある。

断腸の思いで社員をリストラし、自身の生活も大変だろうに……　社長の善意が嬉しかった。

本当はすぐにでも電話でお礼の言葉を述べたかったのだが、

「五千円しか出せなくて申し訳ない」と何度も電話口で詫びていたとの言葉を聞いて思いとどまった。

「この方がどうかしましたか」と高橋が聞いてきた。

「前回、震災で自分達の会社が大変なときに、協賛は無理だと断られた社長なんだ」と林が答えると、橘が、リストに目を落としながら呟いた。

「会社では無理だが、社長個人なら……　きっとそう思われてご協賛いただいた方がこの中にはたくさんいるのですね」

「そうだな」

その時、事務所のファックスから、受信を知らせる音が鳴り響いた。

近くにいた一条が駆け寄る。

一条は、ＮＰＯ法人立ち上げが決まってから、ほぼ毎日ハルプランニングに出社して設立準備の傍ら、橘や高橋の手伝いをしている。

その一条が、ファックス用紙を取り出し、手にした用紙をみんなに見せながらニコリと微笑んだ。

「この申し込み用紙で、五百万の協賛金が集まりました！」と満面の笑みで言った。

ファックスは協賛金の申し込み用紙だ。金額欄には五万円と書いてあった。

「よし！」林は小さな叫び声と共に胸前で右の拳を握った。

高橋は、涙の雫を隠そうともせず「やったあー！」と叫んだ。

満面の笑みの橘が、

「まだ満額が入金されていませんが、書類上は五百万を突破しました」と付け加え、そっと目頭を押さえた。

「橘、高橋、一条、ありがとうな。すぐにみんなに知らせてやってくれ」と林が言うと、「はい！」と応える一条の目も涙で濡れている。

林はポケットからスマホを取り出すと、画面に加藤社長の携帯番号を呼び出し、通話ボタンにタッチした。

呼び出し音がいつもより長く感じられる。

「出ないか……」と思ったとき、突然「加藤です」と相手が出た。

「林です。社長！　集まりました！　五百万！　たった今、集まりました！」

「そうか、集まったか！」

カトー工芸社の加藤も嬉しそうだ。

いくぶん冷静さを取り戻した林が言った。

「遅くなりましたが、五百万の目処がつきました。すぐに代金をお振り込みしますので、振込先をお知らせいただけますか」

「今回の金額なんだがな……」と前置きをしてから、加藤が林に告げた。

突然、林の声のトーンが下がり、訝しがる橘達。

最初こそ、「はい。わかりました」等と、加藤との会話が成立していた林だったが、途中からは、「はい……」しか聞こえなくなった。

しかも涙ぐんでいるようにも聞こえる。

いつのまにか、橘も高橋も一条も、手を止めて林を注視していた。

林が、いくらかもとの声に戻り、「ありがとうございました」と言って、加藤との電話を終えると、指で目の縁の涙を拭った。

「このプロジェクトには、泣かされてばかりだ」とみんなに照れ笑いを浮かべ、「最終的な造作費は、税込三百八十万円になった」と言った。

「えっ！」

三人から驚きの声が漏れる。

「どうして……」と一条が絶句する。

「社長に言われたよ。〝集まった金を全部造作費に投入したら、当面の運営費が足りなくなるだろう〟って。残った百二十万を十月からの運営費に回せって」

「十月から？」一条が尋ねた。

「ああ、龍は九月二十日を目処に送ってくれるそうだ。他のキャラも三十日までにすべて間に合わせるそうだ」

「素敵！」高橋が再び叫んだ。

「いよいよですね」そう言う橋の目には涙が溢れていた。

「間もなくカトー工芸社から、ファックスで振込先が送られてくるから、届いたら、すぐに全額支払ってくれ」と高橋に言った。

高橋は、「かしこまりました」と応えてから、「カトー工芸社が残してくれた百二十万で広報計画を立てなくちゃいけませんよね」と続けた。

「そうだな。全額使うわけにはいかないから、とりあえず概算で、五十万以内で出来る広報計画案を橋と高橋で立ててみてくれ」

「わかりました」と橘と高橋が応えた。

「一条は、今の話をみんなに伝えてくれ。それと広報計画案ができたら久々に全員集まろう。その日程調整も頼む」

「はい」と応える一条の目も涙で潤んでいた。

リュウプロジェクトは、一番大きな壁を乗り越えた。

一条から連絡をもらったメンバーは、自分達のプロジェクトが、確実に実現に向かって日々進んで行くことに大きな喜びを感じていた。

第五章　悪意

1

「アドプランさんのお申し出、お受けして良いですよね？」

こう橘が林に尋ねたのは、念願の五百万円を達成した翌週のことであった。

前日、本業の仕事で橘が担当している広告代理店のアドプランから、現在の売上げ低迷の中、現金の協賛はできない代わりに、地下鉄広告協賛の申し出があったのだ。

急にスポンサーがおりて、広告枠が空いたそうだ。

仮に、そうであっても、仙台市営地下鉄の、しかも扉上額面広告は人気の広告媒体だ。申し込んでも三ヶ月、四ヶ月待ちはあたりまえだ。

掲出ポスターはリュウプロジェクトで作成しなくてはならないが、一ヶ月の広告掲載料、約二十一万円をアドプランが負担してくれるのは何よりありがたい。

「もちろん。ぜひ進めて欲しい。児島とタラコ達にも話を通しておいてよ。ところでいつから出してもらえるの」

「実は、余り時間がなく、今月末からなんです。児島さんとタラコさんには先ほど概略をメールで送っています」

「じゃ、ポスターは写真じゃなくて、イラストで展開するしかないよね」

「はい。桓田さんに頼もうと思っています」

「どんな形にせよ、リュウプロジェクトの活動を世に知らしめる機会をいただいたことはありがたいことだ。進めてくれ」

しかし、この地下鉄ポスター掲載が、リュウプロジェクトを思いもよらない、うねりへと巻き込んでいく最初の一歩になることを林達はしらないでいた。

2

国分町、斎太郎。久しぶりにリュウプロジェクトメンバー十一名が全員揃っていた。

お盆だからか、いつもはサラリーマンの姿が多い店だが、今日はリュウプロジェクトメンバー以外、お客の姿はまばらだ。

最大の難関と思われた五百万の資金を集めることが叶った安堵からか、メンバーの顔はいつにも増して明るい。

「乾杯の前に、みんないろいろと気になっていると思うので現状報告を頼む」と林が言うと、一条が「わかりました」と言って話し始めた。

「事前に配った資料に沿って説明します。まず協賛金は、当初の予定どおり、先週五百万円が集まりました」

「すげえ！」と思わず杉山が叫ぶ。

「資料に書いてあんだろ」と原田が杉山を小突いた。

「そうなんすけど、プリントされた字を見るのと、実際に一条さんから聞くのでは印象がまったく違いますよ」

と口を尖らせた。

「最終的な金額は、今日の段階で、五百十二万三千円です。そしてカトー工芸社へお支払いする造作費は、税込み三百八十万円です」

「本当なんだ……」資料を見ながら斎藤が呟いた。

「どうして……」原田も困惑気味だ。

配布資料には、カトー工芸社への支払額として、三百八十万円が計上されていたが、加藤社長と林のやりとりを詳しく知らなかった誰しもが、何かのキャラクターを削ったり、仕様の変更を行ったのだと思っていた。

一条は、ここは自分が説明するより、林が説明したほうがいいと思い林を振り返った。

林は、一条と目が合うと、一つ頷き口を開いた。

「みんな心配するな。素材の変更も、仕様も何も変わっちゃいない。もちろんキャラクター数も再提出していただいた五百万の見積りと同じだ」

「そうなんですか。百二十万も下がっているから、また素材とか仕様とかを変更したのかなと思ってしまいました」と原田が言った。

「最初の見積りからだと半額以下ですよ……　じゃ、どうしてこんなに下げていただけたのでしょうか」と斎藤が思っていたことを口にした。

「加藤社長に言われたよ。〝五百万集めて、五百万使ったら、どこにも訪問できないだろう〟って。百二十万を活動費に充てろとのことだ」と言った後、百二十万円の予算案の説明をするために視線を資料に移した。

いつもなら、「おお！」とか「すげえ！」とか声が上がる場面なのにと思い、ふたたび資料から顔をあげた林の目に飛び込んできたのは、両腿のズボンをきつく握りしめ、涙をこらえている斎藤の姿だ。隣にいる原田や杉山も、そして店長の本田もテーブルの末席で何かを堪えるように下を向いていた。

林は、そんな四人を気遣うように続けた。

「このプロジェクトは、協賛してくれた方々をはじめとして、携わってくれている様々な人達の〝想い〟でできている。それを忘れないでほしい。決してここにいる俺達だけで進めているわけじゃない」

林の言葉に、「はい」と返事を返すリュウプロジェクトのメンバー達。

そのあとに活動費の百二十万の内訳を説明し終え、一条に話を戻した。

「それではここからは、また私が説明します」

一条は、龍の納品日が九月二十日に予定されていることや、他のキャラクターも九月末までに送ってもらえること。まもなく地下鉄の広告に、リュウプロジェクトの広告が掲出されることを伝えて話を終えた。

一条の話が終わる頃には、先ほどの湿っぽい雰囲気はなくなっていた。

「メールで連絡を取り合っていたとはいえ、久しぶりに顔を合わせるメンバーも多いと思う。ここからは硬い話は抜きにして、多いに語り合ってくれ、今日は俺のおごりだ！」と林が言うと、

若者達の「あざぁーす！」が乾杯の音頭に代わり、各テーブルで一斉に話に花が咲きはじめた。

どのテーブルも話題はこのプロジェクトのことだ。

児島が林の隣に来て、「まずは、最大の関門突破、ご苦労様でした」とビールを注いだ。

ビールを一口飲み、

「ここにいるメンバーと、加藤社長はじめ、後押ししてくれた人達や協賛してくれた人達のおかげだ」そこまで言って、テーブルの端で談笑している一条達を見やり、

「そして一条のおかげだ。彼女がいなかったらこのプロジェクトは生まれなかった」と続け、児島のグラスにビールを注ぎ返した。

「そうですね」と言った児島が、「実は……」と続ける。

「先日、涼介と話したのですが、大きいメンテナンスは涼介に頼むとして、細かいメンテナンスはこっちでやれる体制をつくった方がいいと言うんです。今回の龍のスーツは、昔、俺達が使っていたようなアトラクション用のスーツではなく、限りなくテレビクォリティに近づけて作っています。そうすると、日々のメンテナンスが重要になるそうです」

「何か具体的な案があるのか」

「はい。涼介とも話したのですが、木本を引っ張ろうと思います」

「木本か！　木本がこのプロジェクトに入ってくれれば一気に解決だな」

「ええ、それに木本はアクションもできますし」

「連絡先はわかるのか」

「林さん、サンダーライガーのOB、OG会を、会社抜きで年一やっているのを忘れましたか」とニヤリと笑った。

木本も児島や伊藤同様、サンダーライガーの東北地区代理店の元社員だ。

伊藤涼介が、アイリス工芸に入社するため仙台を離れるに際し、キャラクターのメンテナンスから修理、簡単な造作まで全て引き継いだのが木本だった。今は、仙台市内の冷凍食品を扱う会社で働く二児の父である。このとき、四十歳。

「よし、木本は頼む」

「アクターとＭＣの件も考えておかないと……　今、アクションできる人間が、林さんを筆頭に、本田、斎藤、原田、杉山。木本を入れても六人ギリギリです。ＭＣにいたっては、一条のみです。アクター、ＭＣ、一人でも欠けたらショーが成立しません」

「原田、杉山達に頼んで、友人達に声をかけてもらおう。それともう一つ……」そこまで言って、林は手元のグラスに視線を落とした。

言葉にすべきか軽く逡巡していると、

「もうひとつ、どうしました」と児島に先を促された。

グラスから児島に視線を戻し、

「神谷に声をかけようと思う」と言った。

「えっ、神谷ですか――」

想像もしていなかった名前を聞いて、児島は絶句した。

「ああ」

「神谷は、サンダーライガーの東北地区代理店の現役社員ですよ……」

「俺と神谷がいるリュウプロジェクト。面白くないか？」

「面白いっていうより、林さんと神谷が揃ったら、恐ろしいっすね。俺、この業界で一番よかったことは、神谷の先輩だったってことですもん」

「あいつはキャラクターショーに対しては、アクター、ミキサー、MC関係なく厳しい男だった。けどな、神谷はいつも子ども達に〝本物を見せてやる〞そう思ってマスクをかぶっていた奴さ。だからキャラクターショーに対しては厳しかった。でもあいつは、それ以上に自分自身に一番厳しかった。だから、若い奴の憧れだったのさ」

「確かにそうかもしれませんが、現役の社員はまずくないですか」

「まずいだろうな……　まあ、冗談だ。来ればいいなあと思っただけだから。忘れてくれ」

そう言って林は笑った。

3

「いいか、今度は一手加えて、シャッター、山裏、開いて、右殴り。最初は真（シン）を原田から、かかりは杉山から、はじめ！」

林の説明に、杉山が、「おおっ！」と気合いを入れてシン役の原田に切り掛かった。

今、ハルプランニングの一階では、林を筆頭に、斎藤、原田、杉山の四人がアクションの練習をしている。

真（シン）とは、つまりヒーロー役、シャッターとはやはり業界用語で、相手と体を入れ替えること。

言葉にすればこれだけで、アクションの基本の基なのだが、見ているとなかなかに激しい。

「違うんだよ！　シャッターあとにためをつくんなって言ってんだろう」

教えている林も真剣だ。

林以外は、等身大ヒーローのショー経験がない。ともすれば、癖でスピード感より、重量感を出すアクションに流れがちだ。そこをさっきから何度も林に指摘されている。

「次、杉山、原田と変わってお前がシンやってみろ」と林が交代を命じたとき、入口のドアを開けて、「お疲れ様です」と一人の男が入ってきた。

木本だ。

「おー！　良く来たな、何年ぶりだ。まっ、入ってくれ」と林が手招きをすると、「ご無沙汰しておりました。多分、十二年はゆうに経っていると思います」と頭を掻きながら入ってきた。

「みんな、紹介する。さっき話をしていた木本だ。今日から俺たちと一緒に活動してもらう」

「木本です。アクションから十年以上遠ざかっていたので、ぼちぼちとお手伝いさせてもらいます」と自己紹介をした。

斎藤に続き、原田、杉山も自己紹介をしていく。

「んじゃ、木本も来たので三対一でアクションをつけてみるか。まずは俺がシンをやるから、原田はまず見ていろ。この後、交代で俺のパートをやってもらう」

「えっ、もう早速ですか！」と言いながらも、木本は上着と靴下を脱いで準備をする。

木本が来たと聞いて、二階から高橋、一条、橋が降りて来た。

階段途中で一階を見下ろし、

「今は声かけられる雰囲気じゃないわね」と橘が言うと、「あー、私のクマ吾郎が、クマ吾郎じゃなくなっちゃったー！」と高橋が嘆いた。

〝ぷっ〟と吹き出したあと、「林さん、本当に痩せましたよね」と一条が続けた。

「震災から一〇キロ痩せたって言っていたから、多分、今は八〇キロ切るくらいじゃない。キャラクターが届くまでに七〇キロを目指すって、言っていたわよ」と橘が言った。

「キャラクターが届くって、あと一ヶ月くらいしかないじゃないですか！」と高橋が驚いた。

「林さんならきっと大丈夫！」と一条が期待と祈りを込めて呟いた。

「そうね」と相づちを打って、「ご挨拶は練習会が終わってからにしましょう」と橘が二人を促して二階に戻った。

木本を入れた練習会は、増々熱を帯びて進んでいく。

「最後に剣殺陣やって終わりにしよう。二人ずつ組んでお互いに剣を持て。俺に合わせてやってみろ、まずは、シャッターから、天、地、はじいて、上切って、天……」

林が、ふと隣を見ると、林と同じパートを真似している原田と杉山がもたついている。

今まで、重量感、スピード感の出し方の差はあったが、基本的な技や一番重要な足運び等は苦もなくついてきた二人なのに……

「どうした、お前達」と構えていた剣をおろし尋ねた。

二人とも、

「いやあ……」

「あのう……」と口ごもる。

モジモジしている二人に代わり木本が答えた。

「林さん、彼らコスモエースのアクターだったらしいじゃないですか。コスモエースは剣使わないから剣殺陣やらないでしょう」

木本の答えに二人はコクコクと首を縦にふった。

「それもそうだ」と一人大笑いして、「気がつかなかった悪い」と言うと、

「木本、一から剣殺陣の基本を教えてやってくれ。じゃ、俺は仕事に戻るわ。お疲れ」と右手を挙げて二階に上がって行った。

「終わったんですか」と高橋が尋ねてきた。

「いや、今、剣殺陣の基礎を木本がみんなに教えている」

「三人どうですか」と一条が少し心配そうな顔で聞いてきた。

「さすが、コスモエースのアクターだけあって、基礎ができているから飲み込みが早い。原田も杉山も明日からでも等身大ヒーローのシンを着られるよ。斎藤も筋はいいが、あの体形だからな、シンは無理だろうけど、敵キャラは着られるよ。特にメルヘン出身だから台詞まわしも相当いけるだろ」

「よかった」と胸を撫で下ろし、

「ショーで使う台本ができたので目を通していただけますか」と林にプリントアウトした台本を渡した。

林は、「早速」と言って自席に戻り、ペンを片手に読み始めた。

センターのテーブルでは、フォトショップとイラストレーターで作ったホームページの原案を前に、橘、高橋が打ち合わせをしていた。

四十万の広報費で、ホームページの立ち上げとチラシ、ポスターを作ることが決まっていた。撮影は、九月にキャラクターが届き次第実施することになっている。

また、先行して八月末より、アドプランの協賛による一ヶ月間の地下鉄扉上額面広告が始まっていた。

地下鉄広告の効果はすぐに現れた。

幼稚園、保育園、仮設住宅に住む方々から、訪問に関する問い合せのメールや電話が激増した。激励のメールや手紙も届いた。

しかし、林達の目に見えないところで、黒いうねりも確実に大きくなっていたのであった。

「お疲れ様でした」と二階の扉をあけ、木本が林達に声をかけた。

「おお、お疲れ。ちょうど良かった。もうわかっていると思うが、俺と児島のライガー時代の後輩で、木本だ」と林が橘達に紹介した。

「木本です。これからお世話になります」そう言って、木本が軽く頭を下げた。

「橘です。そしてこちらが高橋。その隣が一条です」と橘が紹介し、それぞれ、「高橋です」「一条です」と挨拶をした。

「橘と高橋がうちの社員だ。そして一条は、このプロジェクトを立ち上げた張本人。一条がいなければこのプロジェクトは動かなかった」と林が補足すると、「いえ、とんでもないです」と一条はあわてて顔の前で手をふった。

「謙遜するな。一条、事実だ」と言った後、「さっきの台本、コピーあるか」と尋ねた。

「人数分用意しています」

「よし、じゃ、みんなに渡してくれ」

「はい」と応え、一条は四人に台本を渡した。

木本とその後ろにいる三人に向かって、

「ショーで使う台本ができたので、それぞれ目を通してくれ、アクター目線でやりにくい部分があったら遠慮なく一条まで連絡してくれ」

木本達は、「わかりました。では、失礼します」と応えて下に降りて行った。

林は四人が出て行くと、一条に台本を返しながら、「気になる所は赤を入れておいた。再検討してみてくれ」と言い、「良くできていると思うよ」と続けた。

一条は「ありがとうございました」と応えた後、

「実はちょっと台本の件で、悩んでいます」と林に言った。

「なにを？」

「莉奈に、子ども達には言葉遣いとかが、少し難しんじゃないかと言われました。もう少し笑いの要素を入れて柔らかくしたほうがいいかもって……」

林は手にした台本を見つめ、「一条はどう思うんだ」と質問した。

「テレビが基本というわけではないのですが、サンダーライガーやコスモエースが、子ども達にわかるように、すべての会話を幼児向けにしているかというと、そうではありません……」

そこまで言うと、一条は手にした台本に視線を落とし、言葉を探した。

林がそのあとを静かに引き取った。

「俺はな、子ども達の感じる力を信じている。一条の台本よくできていると思うよ。確かに言葉は大人でも難しい単語が使われている。だけど、子ども達は言葉の意味は理解できなくても、言葉の意味を感じることはできるんだよ。誰が悪で、誰が正義なのか。そして、何が悪で、何が正義なのかを。思い出してみろ、お前達コスモエースに声援を送る子ども達を。みんな言葉の意味はわからなくても、感じているんだよ」

林の言葉が一条の胸に沁みわたっていくのがその表情から伺える。さらに林が続けた。

「キャラクターショーってな、大人から見れば完全にフィクションだろ。でもな、子ども達は自分のいる現実世界に重ねて見ているんだ。語弊があるかもしれないが、俺達が全力で子ども達を騙しているから、子ども達はキャラクターショーにのめりこむ。だから俺達は、その虚構の世界に全力で立ち向かう姿を描かなきゃいけないし、見せなきゃいけない。そこにはお笑いの要素も、ファンタジーも必要ない。徹底したリアリズムのみが存在する。それで初めて子ども達は、俺達が提供する世界観を本物だと信じて必死に応援してくれる。笑いをとるのはそのあとでいい。鈴木にそう伝えてみろ。きっとわかってくれるよ。何より、一から十まで全部子ども達に理解できる台詞まわしにしてみろ、アンパンマンになっちまう。そこは、アンパンマンにまかせていい。俺達の演技力を信じろ」

そう言うと、笑いながら席に戻って行った。

「ありがとうございます！」

一条は、その後ろ姿に深々とお辞儀をした。

4

その電話が鳴ったのは、残暑厳しい朝であった。事務所のカレンダーは九月に変わっていた。

内ポケットからスマホを取り出し、液晶画面で相手を確かめてから通話ボタンにさわった。

「はい。林です」

「林さん、おはよう！　今から、龍を宅配便で送るから」

電話の主は、カトー工芸社の加藤であった。

「二十日の予定じゃなかったですか？」

予定日までまだ十日以上もある。林は思わず聞き返した。

「ああ、うちの職人さん達、お盆返上で作業してくれたんで早まったわ」

「あ……　ありがとうございます」

「明日には着くから、何か不具合あったらすぐ連絡ちょうだいね。あと、怪人達もでき次第すぐに送るから。

今月中旬には全部揃うよ」そう言って加藤は電話を切った。

スマホを切って、林は事務所にいるスタッフに、

「龍、明日届くぞ！」と言った。

パソコンの画面に向かっていた橋、高橋、一条が、一斉に林を振り返った。

「今、加藤社長から電話がきた。龍をこれから発送してくれるそうだ」

「わあ！」と歓声があがる。

「一条、児島が手配してくれたカメラマンに、すぐ連絡をとって撮影スケジュールの調整をしてくれ」

一条が「はい」と大きく頷いた。

「高橋は、全員に明日、龍が届くことをメールで知らせてやってくれ」

「わかりました」と高橋が元気に応える。

何もないところから始まったこのプロジェクトが、初めて目に見える形になったことで、みんなの顔は嬉しさと誇りに満ちあふれていた。


翌日、林が出社すると、原田と杉山が事務所の一階で練習をしている。

「なんだ、お前等、こんな朝から珍しいね」と林が声をかけると、

「今日っすよね。龍が届くの」と原田が言った。

「それで、こんなに早くから来ているのか」と半ばあきれつつも、林の顔も嬉しそうだ。

林が二階の事務所に入ると、先に出社していた三人が、「おはようございます」と林に声をかける。

「おはよう」と応え、

「しかし、下の二人、この時間から龍を待っているつもりか」と誰に言うともなく呟いた。

橋が、「原田さんと杉山さんだけじゃありませんよ。朝から斎藤さんも鈴木さんも本田さんも、〝龍、届きましたか〟って電話をよこしていますよ」と笑った。

「斎藤さんは、すでに二回もよこしました」と笑いながら高橋が補足した。

「さすがに、児島とタラコは電話をよこしてないんだな」

「大人ですから」と一条が笑う。

林は自席に座り、内ポケットからスマホを取り出すと、バイブで気がつかなかったが、児島とタラコから三回ずつ着信が入っていた。

十二時も回り、まもなく一時になろうとしているのに、誰も昼食に出る気配がない。

「よし、原田と杉山もいることだし、みんなで昼飯食いに行くか!」と林が言った。

いつもなら、大喜びで「行きます!」と叫ぶ高橋が、

「もし、この間に届いたらどうするんですか……」と恨めしそうに林を見上げた。

林は高橋の雰囲気に気押されながら、

「そっ、そうだな、じゃ店屋物にしよう」と言ってメニューを高橋に渡した。


夕方、待ちに待った龍が届いた。

ダンボールを開け、梱包材を取り除くと、そこにはまぎれもなく、リュウプロジェクトメンバーが、短い時間ながらも寸暇を惜しんで取り組んだ結晶、〝破牙神ライザー龍〟の姿があった。

原田、杉山はパーツを取り出す度に、「スゲー」を連発している。

いつのまにか、会社の制服を着た斎藤や木本も駆けつけてきていた。

間もなく、児島もタラコも鈴木もやってきて、仕事で来られない本田を除くリュウプロジェクトの全員が集まっていた。

「みんな、ご苦労様。でも、俺達のプロジェクトはここからだ。やっとスタート地点に立ったんだ。ここからが俺達の力が問われる。見せてやろうぜ、ヒーローの力を！」

林の言葉に全員が、「はい！」と大きく応えた。

みんなから一歩下がったところにいる一条に鈴木が近寄り、

「正美、本当にやっちゃたんだね私達」

そういった鈴木の目は涙で濡れている。

「うん」と応える一条の目にもやはり涙があふれていた。

その後、高橋から、龍の撮影は九月十二日に市内のスタジオで行うことが伝えられ、それまでに傲魔一族のキャラが届けば一緒に撮影するので、時間の都合がつくアクターは出席して欲しいとの説明があった。

「了解！」とアクターが応えたあと、龍は元のダンボールにしまわれた。

「だったら作りましょうよ！　版権にとらわれない、私達で自由に動かせるヒーローを！」

そう一条が宣言した四月から数えて五ヶ月。

リュウプロジェクトのメンバーは、挫けそうになりながらもやっとここまで来た。

もし、キャラクター製作の成否が作り手の熱量に比例するならば、リュウプロジェクトの〝破牙神ライザー龍〟は、他のどんなキャラクターにも負けないはずだ。

5

九月十二日の撮影も無事終了し、リュウプロジェクトの始動は十月一日からと決まった。最初のお披露目は、幼稚園や保育園ではなかった。

児島が以前から話を繋いでいた、ＴＢＣの住宅展示場でのゲーム大会だ。

十月二日には、一条が決めてきた蔵王町のイベント出演もある。

その他に、十月十五日、十六日は、宮城県主催のイベントへの出演も決まっていた。

いずれも有償のショーであった。

肝心の幼稚園や保育園、避難所への無償訪問は、この段階で十月は十ヶ所、十一月はすでに十七ヶ所の申し込みがあった。その他にも問い合せが多い。林達の予想を超える反響だ。

その日、十月からスタートするプロジェクトのメンバースケジュールを調整していた一条の前に、それは突然現れた。

橋と高橋は打ち合わせで外出中だ。

林が下に降りようと自席を立ってドアノブに手をかけたとき、一条のただならぬ気配を感じ、手を離し振り向いた。そこからは一条の表情は見えない。

林は、カウンターを回り込み、一条に声をかけようとして、思いとどまった。

一条は、流れ出る涙をぬぐおうともせず、下唇をかんでパソコンの画面を睨みつけていた。

わずかに逡巡した後、林は思い切って「一条」と声をかけた。

一条は返事の代わりに林を見ると、声を上げて泣き出した。

「どうした」

一条の泣き顔に、林はとまどった。

やがて、一条はパソコンの画面を林の方に向けて、

「悔しいです……」と呟いた。

一条が林に見せたパソコンの画面には、「2ちゃんねる」と呼ばれるネット上の巨大掲示板が映し出されていた。

林は、一条のマウスで上からスクロールしていく。

読んでいる林の顔も険しさを隠せなくなっている。

それは、特撮番組ファンらしい者が立ち上げた「破牙神ライザー龍」に関するスレッドだった。

まだ、立ち上げたばかりのようである。そんなに数は多くない。

それでも内容は目を背けたくなるようなものだ。

タイトル：新たなる震災ビジネス破牙神ライザー龍
0000 名無し
地下鉄のポスター見たけど、新たな震災ビジネスが始まるらしい。
0000 名無し
あー俺も見た。こんなクソみたいなのに金を使うな！
0000 名無し
震災でみんなが大変なときに、こいつら恥ずかしくないのか。
0000 名無し
イラストしかみてないけど完全にパクリ野郎だな。
0000 名無し
頼むから実現させないでくれ！
0000 名無し
これはねぇな。もし、これが実現したら宮城の恥だ！
0000 名無し
悪いけど、県民の誰も望んじゃいねぇよ。破牙神ライザー龍なんていうバッタもんは。

等々……

林は一通り目を通すと、

「気にするな。俺達は子ども達と向き合えばいい」そう言って、事務所の壁の一角を指さした。

そこには、地下鉄の広告をはじめ、各媒体の取材記事によってリュウプロジェクトの存在を知った方々からの激励の手紙や、ＦＡＸ、メールが壁一面に貼られていた。

林はその壁からおもむろにピンをぬき、数枚の手紙を手にすると、「読んでみろ」と言って、一条の前にそっとおく。

来月訪問予定の石巻市にある保育園からの絵手紙だ。

「はやくぼくたちのところにきてください」

「りゅう。かっこいい。はやくあいたいです」

絵手紙には、保育園を代表して年長の子ども達が、一日も早く新しくできたヒーローに会いたい旨が龍の似顔絵とともに書いてある。

園長からも、毎日子ども達が、カレンダーを見ながら新しいヒーローに会えるのを楽しみにしていることや、仮設の保育所なので、遊具や遊び場もほとんどなく、子ども達のストレスを和らげるお手伝いをして欲しいことなどが、丁寧な文章で書かれた手紙が同封されていた。

一条が、子ども達からの絵手紙を手に取り、静かに読み始めたのを見た林は、そっと事務所から出て行った。

6

心のどこかに2ちゃんねるの件が引っかかりながらも、本業の仕事やリュウプロジェクトの活動に忙殺されているメンバー達。

この日もキャラクター撮影後の初めての練習会。

十月に仙台市で開催される初めてのフルパッケージショーを目指し、出演予定のメンバー全員が顔を揃えていた。

いつもどおり練習を終え、林が木本に声をかけた。

「木本、ちょっといいか。来月のパッケージショーの件で相談がある」

「着替えてから二階に行きます」

木本の声を背中で聞きながら、林が「頼む」と応え二階に上がっていく。


「お待たせしました」と言って木本が二階の事務所に入ってきた。

「木本、来月のメンバーなんだがな、俺を外してなんとかまわせないか」

林は、木本が二階に上がり、打ち合わせスペースの椅子に着くなり本題から切り出した。

要件をなんとなく想像していた木本が応えた。

「やっぱり厳しいですか」

「ああ、代理店とも話したんだが、震災後初めて受注した県の大型イベントを、一日二ステージとはいえ、二日間、俺が現場から二時間近く離れるのは代理店も不安らしい」

今回の十月十五日、十六日の一般公開での初めてのフルパッケージショーは、ハルプランニングが震災後、初めて県から受注した大型イベントの中で行われるのであった。

県のイベントとしてはこの時期最大規模のもので、隣接しているとはいえ仙台市内四会場を使って行われる。当然、林以下ハルプランニングの社員はイベントの運営制作で大忙しになるのは目に見えていた。

「そうですよね。わかりました。なんとか林さん抜きで形になるように頑張ってみます」

そう言って、木本は席を立った。

今は食品会社に務める木本だが、前職はサンダーライガーの東北地区代理店の社員である。当然、県の仕事も多数こなしてきているだけに、林や代理店の言い分も十二分に理解している。だが、今回、初めての一般公開のショーということで、世間の耳目を集めているのは間違いがない。

林を抜いた今のメンバーだけで、ハイクォリティのショーをこなすのは正直厳しいこともそれ以上に理解していた。

下に降りていくと、斎藤、原田、杉山が待っていた。

「林さん、なんて……」

斎藤が、木本と目が合うなり聞いてきた。

「やっぱり、来月の一般公開は無理らしい。俺達だけでなんとかしなきゃいけない」

「俺達だけって、根本的に人数足りなくないですか……」と原田が言った。

すかさず杉山が出演キャラクターを数える。

「ミキサーは児島さんかタラコさんができるとして、MCは一条さん。アクターは、龍と、ヴァイラス、傲魔獣、タゴマール三体で六人必要ですよ」

「とりあえず、ここにいる四人に本田をたして五人でなんとかできるように殺陣を考える。なんとかレベルをあげるよう明日から毎日集まり練習しよう」

「そうですね」と木本の提案に斎藤が応える。

木本を中心に当日までのリハ日を確認し、この日の練習会は終了となった。

翌日から早速、リハーサルを重ねていく木本達。

基本練習ではなく、この日からは、一般公開のリハーサルに切り替えての練習だ。しかし、居酒屋の店主である本田は夜のリハーサルには参加することができない。常に一欠けの状態だった。

「本田さん、当日までリハに参加できないですよね」

休憩中に杉山が木本に尋ねた。

「そうだな。本人もキャストから外してくれと駄々をこねているよ」

「駄々じゃないでしょう。本人にとったら切実ですよ」原田が言った。

「そうだな。でも俺達はみんな仕事を持っていたり学生だ。できる範囲で最高のパフォーマンスをやるしかない」

一瞬の間を挟み、

「そうですね。頑張りましょう」

その斎藤の声を合図にリハーサルが再開された。

みんな、胸に不安を抱えたまま――。


林は、出社するなりテーブルに各会場のスケジュール表やらマニュアルを広げて何かを考えている。

橘達はそれぞれの机に向かっていた。

「やっぱり無理か――」

林が頭をかきむしり、頭の後ろで手を組み座ったまま天井を仰ぎ呻いた。

「どうしました」と橘が尋ねた。

「なんとかショーの時間を空けられないか、マニュアルからシミュレーションしているのだが、どうしても代理店を説得できる要素が見つけられない……」

「もう諦めて木本さん達に任せましょうよ。私達の本業がうまいかなくなれば、それこそリュウプロジェクトの方にも悪影響が出るんじゃないですか」

「そうだな……」

高橋の至極まっとうな意見に、林はうなだれた。

林のいくぶん落ち込んだ雰囲気を打ち払うように、橘がこのあとの予定を問いかけた。

「打ち合わせはこの後、予定どおり午後からでいいですか？　代理店からも出席されるそうです」

林は、「わかった」と返事をよこし、「昼飯食ってくる」と言って出て行った。

「林さん、よっぽどショーに出たいんですね……」と高橋が言った。

「あれから何も言わないけど、2ちゃんねるのことが気になっているんだと思う。だから、リュウプロジェクトの最高のパフォーマンスを見せてあげたいんだと思うんだよね」

「林さんが出ればそれだけでショーのクオリティは上がりますもんね……」

「まっ、仕方ない。さっき佳奈ちゃんも言っていたとおり！　本業がうまくいかなくなれば本末転倒だし、林さんもそれはわかっているはず。さっ、私達もさっさとお昼食べに行って、午後からの打ち合わせの準備をしないと」

「はい」と高橋が応え、橘と高橋も事務所を出て行った。

林へのその電話は、午後からの打ち合わせ中にかかってきた。

代理店を含め、林、高橋を前に、例の県のイベントマニュアルについて、橘が説明している。

林は液晶画面を一瞥し、

「すみません。ちょっと席を外していいですか」と代理店に断りを入れ、橘と高橋に視線を移し、「ごめん、ちょっと珍しい奴からの電話なので中座させてくれ。ミーティングはそのまま続けておいてくれ」と言った。

一階に降りながら通話ボタンにタッチする。

「珍しいね」

「ご無沙汰しております。こっちにもいろいろ聞こえてきましたので、思い切って電話してみました。今、大丈夫でしょうか」

電話の主は、学生時代、林のところでキャラクターショーにレギュラーで携わっていた田中大地からだった。

田中は林の元でアクションを磨き、本格的にアクションを学びたいと、東京に出て行ったメンバーだ。

その時も、林が東京に繋いでやったり、田中の両親に挨拶に行ったり、林にとっては離れていても何かのタイミングでいつも気にかけていた存在だ。

「破牙神ライザー龍、林さん達ですよね」田中は単刀直入に聞いてきた。

「ああ、そうだ。俺達だ」

「ですよね。こんなこと東北でやれるの、林さん達しかいないですよね」

電話なので表情はうかがえないが、声の調子で笑顔なのは伝わってくる。

「東京でもそんなに話題になっているのか」と林は笑いながら応えて、

「ところで突然どうした。それを確認するために電話をよこしたわけでもないだろう」と言った。

「もちろんです。実はこっちも暇になったので、林さん達の手伝いに行こうかと思っていたんです。今回の震災で、実家や親戚には被害はなかったのですが、しばらく帰っていなかったので、実家に顔を見せながらお手伝いできたらと思っていました」

田中が言い終わるか終わらないうちに林は、

「本当か！　いつだ。いつから来られる」と何かに弾かれたかのように言葉を返した。

先ほどまでと打って変わった林の口調に多少戸惑いながらも、

「ホームページで十月から活動開始と見ましたので、その頃から一ヶ月くらいお手伝いさせてもらおうと思っていました」

「わかった！　ぜひ頼む！　十月十五日、十六日に一般公開で初めてのパッケージショーがある。そこに焦点を合わせて来てくれ」

「わかりました。一般公開のショーのときには、矢島も連れて行きますよ。矢島も林さん達に会いたがっていましたので」

「本当か！　矢島も来てくれるのか！　それはありがたい。久々にお前達に会えるのを楽しみにしているよ。取り急ぎ、台本送るのでメールアドレスを教えてくれ」

林は傍のメモ用紙に田中のメールアドレスを控え、電話を切った。

矢島も、やはり仙台でアクションを学び、田中同様、東京でさらにアクションを磨くため仙台を出て行った林や木本の後輩である。その二人が初めての一般公開に手伝いに来てくれることが決まった。

すぐさま木本にメールを入れた。

その日の夜には、木本から全員に今回の一般公開ショーには、田中と矢島が手伝いに来ることが伝えられた。

7

十月に入り、リュウプロジェクトのメンバー達は、交代で精力的に幼稚園や保育園を回った。あるときには、三人の子ども達のために、片道二時間以上をかけて気仙沼市にまで行った。

保育園の公演が終わり、機材を片付けていると、廊下の向こうから園長がやって来た。

「本当にすみません。こんな遠くにまで来ていただいて」

杉山に向かって園長が頭を下げた。

「とんでもないです。子ども達が喜んでくれるなら何度でも来ますので、気にしないでまた声をかけて下さい」

一条は、子ども達と約束をしている。

「いい、三人しかいないんだから、先生の言うことを良く聞いて、仲良くしなきゃダメだよ。そうしたら必ずお姉さんがまた龍を連れて来てあげる」

「えっ！　ほんとう。ぜったいまたりゅうをつれてきてね」と子ども達は笑顔で一条の手を握る。

「うん。必ず連れて来る」と子ども達と約束した一条は、園長に向かって、

「龍に会いたい子がいれば……　龍が何か力を分け与えられる存在ならば、いつでも私達は伺いますのでいつでも呼んで下さい。それに、今、みんなと約束しましたし」と笑顔で言った。

「本当にありがとうございました。保育園が津波で流されてしまって、近所の方のご厚意で倉庫の一角を借りて保育をしているのですが、見ての通り、遊具も何もない状況です。そのように言っていただけると本当に助かります。これからもどうかよろしくお願いします」と深々と頭を下げた。

一条達が車に乗り込むと、三人の園児と園長先生が見送りに出てきた。

メガホンを真似しているのだろう、子ども達がチラシを丸めて口にあてて叫んでいた。

「また、ぜったいきてね～！」

一条は窓を開け、子ども達が見えなくなるまで手をふった。

「ここの保育園もそうでしたけど、沿岸部には、園自体が津波にのみこまれて、近所のちょっとした空きスペースで子ども達を預かっている保育園や幼稚園が相当ありますよね」

園長や子ども達と別れ、国道四十五号線に出たところで杉山が言った。

「そうね。この間行った東松島市の幼稚園は、近くの縫製工場の会議室で仮設の幼稚園を開園していたわ」一条はそう言い、窓の外に視線を移し続けた。

「この間、2ちゃんねるの件でちょっと落ち込んでたときに、被害の大きかった沿岸部の子ども達から届いた手紙を林さんから見せられたの……」

杉山はハンドルを手にしたまま頷いて、一条の言葉を待った。

「そこには、子ども達がまだ見ぬヒーローを楽しみに待っている言葉がたくさん書かれていたの。そして、添えられていた園長の手紙には、〝津波で園が流されて、遊具や遊び場もほとんどなく、子ども達のストレスを和らげるお手伝いをして欲しい……〟そう書かれていたわ」

「きっと先生達は、子ども達にストレスを与えないようにと、必死に働いているんですね。自分達も被災者なのに……」

一条は先ほどの三人の子ども達から、龍へ渡してほしいと託された手紙に視線を落とし呟いた。

「そうよね……。龍が少しでもそのお手伝いができるように頑張らなくちゃ」

「そうですね」

杉山が力強く頷いた。


待ちに待ったメンバーがやって来た。

十月初旬、まずは田中が仙台にやって来た。その日の夜の練習会には、居酒屋斎太郎の店主、本田を除いたアクター全員が集まっていた。

「久しぶりだな田中」と木本が声をかけた。

当時会社が違っていた木本とは、同じチームでアクションをしたことはなかったが、同じサンダーライガーの制作をやっていた身、しかも、当時田中は林の片腕となって、サンダーライガーの東北地区代理店の木本とスケジュールの件などでよく顔を合わせていた。

年は木本の方がいくぶん上だ。

「ご無沙汰していました」と田中が応え、続けて「林さんは?」と木本に尋ねた。

「二階にいるから呼んでくるよ」という木本を、「自分が二階に行きます」と制し、田中は階段を上がって行った。

二階の踊り場で一呼吸をしてドアをノックする。

「どうぞ」と女性の声に導かれドアを開けた。

八年ぶりに林と顔を合わせた田中は、多少体型は変わっていたが、それ以外はまったく変わっていない林の様子を目にした途端、一気に当時へと引き戻された気がした。

「ご無沙汰しておりました」と一礼すると、

「そんな固い挨拶は抜きだ。下のメンバーとは会ったか」と林も八年ぶりとは思えない気楽さで話しかけてきた。

「はい。木本さんとは挨拶させていただきましたが、まずは林さんにご挨拶と思いまして……　その他の方とはまだでした」

「そうか、じゃまずはメンバーを紹介するよ。二階にいるのは……」と言って橘と高橋に視線を移す。

「橘は知っているよな。その隣にいるのは田中が東京に行ってから入社した高橋だ」

「田中さんご無沙汰しておりました」橘の挨拶に続き高橋もそれにならう。

「高橋です。よろしくお願いします」

田中も、「こちらこそご無沙汰していました。よろしくお願いします」と挨拶を返した。

「じゃ、下のメンバーを紹介するよ」と言って林は一階に降りていく。

下では、木本が一条や斎藤、原田、杉山に田中の経歴を語っていた。

「みんな、紹介する。今回、東京から手伝いに来てくれた田中だ。八年前までハルプランニングでアクションをやっていたが、その後、東京に行ってアクションを続けている。今や、日本で最高のアクションショーを見せているシアターBIANCOのレギュラーだ」

「すげー」原田と杉山から同時に声が漏れた。

「林さん、あんまり持ち上げないでください」と田中が照れた。

「照れるなよ」と笑顔で木本が言った。

林が一通りメンバーの紹介を終えると、「みなさんよろしくお願いします」と田中が言って頭を下げた。

「田中は約一ヶ月、平日のボランティアを含め手伝ってくれるので、その間に田中の技術を盗めるだけ盗んでおけよ」

最後の言葉は原田と杉山に向けてだ。

「田中さえよければ早速、ショーのリハーサルをやりたいんだが」と木本が言った。

「もちろん。自分はいつでも大丈夫です」と田中が応え、早速リハーサルが始まった。


当日のキャストは、龍、田中。ヴァイラス、矢島。傲魔獣アヴェス、杉山。タゴマール三名が木本、斎藤、原田。MC、一条。ミキサーは児島とタラコ。児島がセリフ出しを担当し、タラコがSEを担当する。

本田と鈴木は裏方の操演に回ってもらった。

ハルプランニングの面々は、四会場にわたるイベント会場の管理運営を行う。

そして十月中旬、初めてのフルパッケージショーということで、マスコミもたくさん取材に訪れ、リュウプロジェクトの活動をあと押ししてくれた。

仙台市の中心部で開催されるイベントということもあり、たくさんの人が一目、破牙神ライザー龍を見ようと集まってくれていた。

杉山がステージ脇に設置されているテントの隙間から客席を覗いている。

「木本さん、田中さん、やばいっすよ。ステージ前の客席は満席で左右後ろ共に立ち見もぎっしりです」

「まじか」と言って杉山の頭を下げて木本が外を覗き見た。

みんなも思い思いの場所から外を覗き見て、「うわあ。すげえなあ」と次々に口にする。

「ローカルヒーローにこんなに人が集まるなんてすごいね」と原田が言ったとき、テントの裏から林が入って来た。

「ローカルヒーローだからじゃない。龍だからだよ。お前達が毎日会いに行っている子ども達が、龍を応援したいとこんなに集まって来たんだ。だから、かっこいいショーを見せてやってくれよ」

林の言葉に、「はい!」と力強く頷くメンバー達。

「そうそう、これ代理店からの差し入れ」とスポーツ飲料を木本に渡した後、「頼むよ」と一言残しテントを出て行った。

林の後ろ姿に「ありがとうございます」と一礼し、木本が続けた。

「よし、俺達の最高のショーを見せてやろうぜ!」

「三分前ですがオンタイムでOKですか?」

ステージのフロアディレクターがテント裏から頭だけ突っ込んで尋ねてきた。

木本は、「みんなOKだな」と確認し、

「大丈夫です。オンタイムでお願いします」と応えた。

「了解です。それではオンタイムで始めますのでよろしくお願いします」のディレクターの声に、めいめいが、

「了解です」

「よろしくお願いします」と応えていく。

「そろそろ始まったか……」

林は腕時計で時間を確認し、隣の会場から耳をすました。

かすかに台詞が聞こえてくる。

「頼んだぞ」と呟き、今しがた呼ばれた救護室に向かった。

救護室には年配の婦人が看護師から応急手当てを受けていた。

事故報告書を読み、「お加減いかがですか？」と尋ねる。

ぶつかったショックで転んだときに手をつき、だいぶ痛みは引いたが、手首が少し痛いとのことなので、大事をとって病院に行ってもらうことにした。

トランシーバーで橘を呼び出し、現場の状況を確認する。

「今動ければ、人ごみでぶつかって転んだご婦人をタクシーで病院まで連れて行ってくれないか」

「了解しました。救護室に向かえばいいですか？」

「そうだ。よろしく頼む」と言ってトランシーバーの通話ボタンを離し、怪我をしたご婦人と看護スタッフに、

「今、弊社のスタッフが参りますので、病院までご一緒させていただきます」と伝えた。

恐縮するご婦人に「仕事ですから」と伝え、看護スタッフに礼を言って救護室をあとにした。

時計の針は、ショーがスタートして間もなく二十五分になろうとしていた。

「そろそろクライマックスだな」と呟き、隣のショー会場に足を向けたそのとき、会場の子ども達の大声援が聞こえてきた。

「がんばれ〜！」

「りゅう〜！」

隣の会場まで響き渡るその声は、龍を必死に応援する子ども達の声だ。

林は、心なしか早歩きになっている自分に苦笑しつつ、ショー会場に向かった。

子ども達の声援はますます大きくなる。ステージに到着した林の目に飛び込んできたのは、通路まで人で溢れている会場だ。

相変わらず子ども達の声援が途切れない。

林は近くにいた警備員を呼び、一緒に通路の確保を始めた。

「大変申し訳ございません。客席後方通路の確保にご協力ください。通路で立ち見のお客様は、恐縮ですが、客席の左右にお回りください」

警備員と共に呼びかけながら、林の頬には、眼のふちから涙が筋を引いてこぼれ落ちていた。

テレビで放映しているわけでもない。雑誌に取り上げられているわけでもない。それなのにこんなに子ども達が集まり、応援してくれている。初めての破牙神ライザー龍ショーは大成功と言っていいだろう。

しかし、集まっていたのは、決して好意的な人達だけではなかった——。

週末、初めてのフルパッケージショーを無事終えた翌日の十七日、月曜日。

橋と一条は、前日の撤収作業で会場に直接入っている。

高橋は、十二月の案件の企画書作成で、林と事務所への出勤だ。パソコンを立ち上げ、毎日の日課であるメールのチェックをした。

県の担当者と代理店からお礼のメールが届いている。双方とも破牙神ライザー龍の集客の様子に驚きのコメントを寄せてくれていた。

高橋はさらに前日の反応を知りたく、「破牙神ライザー龍　ショー　イベント」と検索画面に打ち込みリターンキーを押した。

幾つかの画面をスクロールしていると、それは突然現れた。

例の2ちゃんねるだ。

高橋の表情がみるみる険しくなってきた。

「どうして……　私達が何をしたというの……」

パソコンの画面がぼやけてゆがんでくる。高橋は怒りと悲しみで自分でも気づかないうちに涙を流していた。

「おはよう！」

ショーの成功に気分を良くした林が出社してきた。

普段と違う高橋の様子に、「どうした。何かあったのか」と言った。

「林さん、これ見て下さい」と立ち上がり、自分の席を林に譲った。

高橋の椅子に座り、開いてあるパソコンの画面を見ていく。
思わず、「ひでえな……」と呟きながらスクロールさせる。
書き込んだ者達は、昨日のフルパッケージショーを見に来ていたのであろう。
新たにこんなことが書かれていた――。

タイトル：新たなる震災ビジネス破牙神ライザー龍
0000 名無し
あの衣装見たか、あいつらどんだけ金持ってんだ。
0000 名無し
見た見た。金持ちの道楽じゃね。
0000 名無し
俺の知り合いに造形やっている奴いるんだが、写真を見せたら一千万くらいかかるって言ってたぞ。
0000 名無し
その金って、どこから出てんだ。まさか国とか県とかの補助金じゃねぇよな。
0000 名無し
いや、補助金使って作ったらしいぞ
0000 名無し

なに〜！！！　怒怒怒怒怒
0000 名無し
まだ避難所で苦労している人がいるのに、なんであんなバッチモンに補助金が出るんだ！
0000 名無し
まじか！　あんなもんに補助金出さないで被災者にまわせ！
0000 名無し
あいつらのもらった補助金の返還請求ってできないのか？
0000 名無し
できんじゃねぇ。みんなで声をあげようぜ！
0000 名無し
この偽善者集団から補助金を取り返そうぜ！
0000 名無し
補助金取り返すだけじゃなく、こいつらつぶすにはどうしたらいい？
0000 名無し
2ちゃん以外にもみんなが拡散すればいいんじゃねぇ。
0000 名無し
おー、みんなでつぶそうぜ！

0000 名無し
この恥ずかしい震災ビジネス叩き潰してやる！
0000 名無し
二度とショーをできないようにしてやろうぜ。
0000 名無し
バキシンライザー龍よ、頼む、消えてなくなってくれ！
0000 名無し
本当、そう思うわ。宮城の恥だわ。
0000 名無し
名前見るだけでヘドがでるわ。
0000 名無し
お前らなんか誰も望んじゃいねえよ！
0000 名無し
同じ宮城県民として、心の底から恥ずかしい！

などなど、ネットの住人に激しく罵られていた。
林は、途中まで読んで顔を上げた。

高橋の顔は怒りに震えている。

林は立ち上がり窓際に歩いていく。背中からは林の怒りが伝わって来る。

高橋に背を向けながら林は口を開いた。

「こいつら、間違っているだろ。俺達、補助金や助成金に一円でも頼ったか？」

「いえ」と高橋が短く応えた。

「そうだろう」

林は高橋を振り向き、そして続けた。

「こいつらは俺達のことを宮城の恥だと言う。偽善者だと言う。こいつらに俺達の何が分かっている。何も分かっちゃいない。高橋、幼稚園や保育園や避難所回ってどう感じている。お前達が一番わかっているだろうが。子ども達が龍に会って輝いている姿を。龍が行く会場ではたくさんの子ども達の笑顔があふれている。そして、帰り際には〝必ずまた来てね！〟と手を振る子ども達がどの会場でもいるじゃないか」

そこまで一気にしゃべると窓の外に目をやる。

高橋も唇を噛み締めている。やがて静かに林が続けた。

「俺はな、マスクの中から、龍と出会った子ども達がキラキラした目で龍を見つめる姿に感動した。それはサンダーライガーでは味わったことがなかった感動だ。昨日のショーだってそうだ。正直、俺もあそこまで人が集まるとは思わなかった。テレビや映画で放映しているサンダーやコスモじゃない。たかがご当地ヒーローだ。だけど、通路を塞ぐほどの人達が集まってくれた。昨日、キャストの奴らにも言ったんだが、これはご当地ヒーローだからじゃない。龍だからだ。龍だからわざわざ足を運んで応援したいと子ども達や親達は思ってくれたんだ」

そこでまた言葉を区切ると、高橋の顔に視線を移した。

「俺達の想いは確実に伝わっているんだ。それを偽善者だと言われるなら、偽善者でいいじゃないか。俺達はこんなネットの中で、ぐだぐだ言ってる奴らのために龍を作ったんじゃない。子ども達だ。胸張って子ども達と向き合えばいい。スケジュール見てみろ。俺達が想像していた以上の申し込みだろ。こんなに龍を待っている子ども達がいるんだ。こんな奴らのせいでへこんでいる暇はないぞ」

林の言葉に、悔し涙を浮かべながらも、高橋は力強く頷いた。

2ちゃんねるを見た他のメンバーが一時期怒りをぶちまけていたが、今度は高橋が慰め役に回っていた。しかしそれも数日のこと。

その後、リュウプロジェクトでは、2ちゃんねるのことは話題にのぼらなくなった。

幼稚園や保育園等の無償訪問が口コミでどんどん広がり、当初の予定をはるかに超える申し込みが殺到して、それどころではなくなっていたのだ。

6

「しかし、林さんも、〝週に一回交代で行けばなんとかなんだろう〟って言っていたけど、週に一回休めないし」

と杉山がハンドルを握りながらグチをこぼすが、その顔は嬉しそうだ。

今、杉山は、一条とタラコと三人で、気仙沼市のカトリック幼稚園でのゲーム大会を終えた帰り道だった。

「林さんも俺達も、こんなにオファーが来るとは思っていなかったよ」とタラコが言うと、一条が、「来月十二月は、全部で二十一公演入っていますし、一月は、お正月の二日から埋まっていますよ」と笑顔で言った。

「うわあ、すげえ」とタラコが驚くと、杉山が林の口調をまねる。

「〝無償公演のオファーは、どんなに人数が少ない場所でも絶対断るなー！〟って林さんが言ってますからね」

「杉山くん、似てる！」

杉山の口真似にタラコと一条が爆笑した。

みんなの笑いが治まるのを待って杉山が口を開いた。

「ところで一条さん、龍誕生のきっかけになった避難所ってまだわからないんですか」

「そうねえ。ハルプランニングに電話をくださった方のお名前が佐々木さんというだけで、どこの避難所の方かがわからなくて探しあぐねているの。避難所に行くたびにボランティアさんや、役場の方に聞いて回っているんだけどまだ会えてはいないいんだよね……」

「あれ以来、携帯もずっと電源が切れたままらしく、林さんも気にしてんだよね」と言って、タラコがお手上げのように頭の後ろで手を組んだ。

ささやかな沈黙を挟みタラコが口を開いた。

「でも、これだけくまなく幼稚園、保育園、避難所を回っているんだ。いつかきっと会えるよ。そう信じているからこそ、林さんも、公演依頼は絶対に断るなって言っているんだと思うんだよね」

「そうよね……　うん。きっと会える。もしかしたらもう会っているかもしれない」と一条が同意した。

「そっすね」杉山が少し寂しげに呟いた。

「そう言えば一条……」とタラコが思い出したように、助手席に座る一条に話しかけた。

「はい。なんですか」

「実はね、児島に相談されていて、うちの生徒でMCとアクター志望の子がいたら、リュウプロに入れて欲しいと言われていて、アクター志望はまだいないんだけど、MC志望の子が五人ほどいるのよ」

「えっ、五人もいるなら、私がそっちに教えに行ってもいいので、ぜひ進めてください」

「オッケー。んじゃ、学校側にも相談して、なるべく早く練習会始められるようにするわ」

「よろしくお願いします！」

一条は、そう言った後、少し不安げな表情をうかべた。

「それと……」

「どうしたの」

「ふと、思ったのですが、その子達、平日の昼間は学校ですすよね。練習しても一般公開のショーでしかマイクを持てないとしたら、五人じゃ多いかも……　今はまだそれほどショーが売れているわけでもないし……」

タラコは右手の親指を立てると言った。

「その件はすでに学校とも交渉済みだよ。学校側は、橘さん達が作った資料や、龍のホームページやブログを見て、この活動に生徒達が自らの意思で関わることは非常に有意義なことだと判断してくれた」

そう言うと、満面の笑みを浮かべて続けた。

「週一に限り、公欠にしてくれるそうだ」

「本当ですか！」

助手席に座る一条がタラコを振り返り、こちらもタラコに負けない笑みを向けた。

「五人いるなら毎日一人ずつ交代しても、五日間のＭＣが確保できるってことですよね。いいなあ」

二人の会話を聞いていた杉山が思わず声を上げる。

「アクターも、いろいろ声をかけているのでちょっと待っててね」

「今、言おうと思っていました」と杉山が笑った。


こうやって、東日本大震災の恐ろしい爪痕を至るところに残しつつ、被災地の二〇一一年が暮れようとしていた。

破牙神ライザー龍が、十月一日に誕生してから、十二月末までの九十二日間。

その間の公演回数は五十二公演であった。実に二日に一回以上のペースである。

また、一条が担当していたＮＰＯ申請についても、九月末で無事認可がおり、龍の誕生と共に、リュウプロジェクトは、特定非営利活動法人ヒーローへと移行した。

当初、一ヶ月の予定で手伝いに来ていた田中も、結局十二月末まで滞在し、正月は東京の方が忙しくなると言って年末に帰って行った。

そしてその頃、2ちゃんねるは、十二月二十日を最後に更新されなくなった。
もちろん返還請求等はおきようはずもなかった。

第六章　仲間

1

「ラレリルレロラロ、ワエイウエヲワヲ」

「それじゃ、今度は私に続いて発声してね」の一条の声に、「ハイ！」と元気に答える五人の女性達。

年が明けて一月十日。冬休みが明けた二〇一二年、最初の登校日。

タラコが講師を務める専門学校デジタルアーツ仙台の四階にある四〇一の教室では、ＭＣ希望の一年生五人が一条と共に練習会を行っていた。

「アエイウエオ　アオ。はい、どうぞ」

「アエイウエオ　アオ――」

「カケキクケコ　カコ。はい」

「カケキクケコ　カコ――」

一条達の練習を廊下から見ていたタラコが、

「みんな、声優科だけあってよく声が出ているよね」と児島に言った。

「うん。でも、キャラクターショーのＭＣって、声が良く通る、滑舌が良いだけじゃ務まらない。彼女達もこれからが大変だよ。ショーのコメントを暗記して、身振り手振りの動作を加えてコメントをしなくちゃいけない。龍のショーは、本編にMCも絡んでくるから、演技も練習しなくちゃいけない。台詞なんかは秒数が決まっているから、忘れたりもたついたりしたら、他のキャラクターの台詞が始まってしまう。ショーじゃ、アクターがクローズアップされがちだけど、MCや、セリフ出しのミキサー、どのパートが欠けても子ども達に夢を与えるショーを作ることができない」

「へえー、子供ショーとはいえ、厳しい世界なのね」

「この中から一人でも残ってくれればありがたい」

児島はそう言うと、「じゃ、俺達は久々に飲みに行きますか」と続けた。

タラコが「おっ、いいねえ」と応え、二人は学校からほど近い、国分町へと消えて行った。

「じゃあ、今日はここまで」と一条が声をかけると、「はーい」と五人が集まって来た。

「次回から実際にショーで使用するコメントを中心に練習します。まずは、オープニングからゲーム大会までの流れをやるので、マニュアルのコメントを出来る限り暗記してきてね」と一条が言うと、五人は「はーい」といくぶん小さくなった声で返事をした。

2

二月に入り、一条から、五人のコメントを聞いて欲しいと頼まれ、林とタラコはデジタルアーツの教室に座っていた。

教室の中は、林とタラコが座っている机以外はすべて後ろに下げられている。机の二メートルほど先には白いビニールテープが左右に向かって貼られている。真ん中あたりには、小さなT字がやはりビニールテープで作られていた。

「これが、ステージの代わりか……　アクターもMCも変わんないな……」

林はニヤリと呟くと、机に載っている五人のプロフィールに目を落とす。

簡単な略歴だが、課外活動等も載せられていた。

「声優科ではエース級の五人ですよ。特にこの佐伯麻美。彼女はまだ一年生ながら、仙台のコミュニティFMのパーソナリティを週一で務めていたり、市民コンサート等のイベントMCの経験も豊富。その明るいキャラクターのおかげで、学校に彼女を指名でオーダーを入れてくる代理店も少なくないのよ」とタラコが説明した。

林は、佐伯麻美のプロフィールを探して一番上に載せる。

「ラジオ3のパーソナリティか……　一年生でたいしたもんだ」

その他にも、これまで経験したイベントMCが羅列してある。その数は他の四人を圧倒していた。

「よければ始めたいのですが」

一条が、林とタラコに尋ねた。

タラコの「こっちはいつでもオッケーよ」の合図で、一条が、「それでは、清水希さんからお願いします」と言うと、清水は舞台下手から勢い良く飛び出してきた。

手にはマイクを握っている。練習なので結線はされていない。ダミーだ。

初めて林とタラコの前で披露するためか、緊張している。常に目線が左上に流れるのが気になる。

林は、「確か、左上の目線は過去のことを思い出そうと頑張っていると、何かの本で読んだことがあるな……」

等と考えているうちに清水の番は終わった。

他の三人も同じようなものだった。最後に先ほどタラコお勧めの佐伯麻美だ。

佐伯は、相手に伝わるようにはっきりと話す。滑舌は悪くない。言葉にも佐伯の実直さがにじみ出ていた。

唯一、最後まで言いよどむことなく、コメントをしっかり言い終えたのは佐伯だけだった。

言葉にはしないが、佐伯の顔には、努力をしてきた自信が漲っていた。

「ご苦労様」

一条は五人にねぎらいの言葉をかけて、林とタラコに感想を求めた。

「うん。良かった、良かった。頑張ってね」とタラコは一条に続けてねぎらいの言葉をかけた。

一条の「林さんは」の問いかけに、林は一言、「特にない」と言って席を立った。

林の感想に、佐伯麻美が明らかな不満顔を見せた。

「林さん、せっかく来たんだから何か一言アドバイスでも。佐伯なんかどうでしたか」とタラコが場を取りなすと、林は、一番端にいる佐伯に向かって言った。

「佐伯、お前は誰に向かって話しているんだ。コメントを全部暗記してきたのは褒めてやろう。だけどな、お前のコメントには、心がないんだよ。俺達が向き合うのは子ども達だ。間違えるな」

そう言うと、一条に向かって「お疲れ」と言葉をかけて教室を出て行った。

林が佐伯を名指しで注意をしたことに、いくぶん焦ったタラコは、佐伯と一条に、「ごめん！　余計なことを言ったみたいで」と両手を合わせて頭を下げる格好をした。

一条の、「大丈夫ですよ」の声を背中で聞きながら、タラコも部屋を出て行く。

廊下で林に追いついたタラコは、「林さん、厳しいっすね」と言うと、

「すみません。彼女達、初めて自分達以外の人に聞いてもらったのに……　少し言い過ぎましたね」と林が頭を掻きながら言ったあとにさらに続けた。

「でも、さすが声優科のエース級ですね、みんな、練習すれば上手くなると思います」

林の言葉に満足そうに頷き、「林さん、最近こっちに来てないでしょうから、さくっと飲み行きますか」と誘い、この日は林と国分町に消えて行った。

「みんな、ご苦労様。今日、コメントがつっかかった四人は、まずコメントをしっかり覚えてきてね」

一条が、教室に残っている五人に向かって言うと、四人が「すみませんでした……」と萎れた声を出した。

「そんな、気にしないで。まだ始まったばかりじゃない」と一条は明るく笑った。

「そうそう、麻美ちゃん、時間あったらちょっとだけ付き合ってくれる？」

一条の言葉に佐伯が頷く。

「それじゃ、今日は解散！」一条の声で練習会が終わった。

デジタルアーツ仙台の向かいにある錦町公園のベンチに、一条と佐伯が並んで腰掛けていた。

「麻美ちゃん、あまり気にしないでね」と一条が先ほどの林の言葉を思い出しながら佐伯に声をかけた。

「大丈夫です」

「コメント。良く暗記してきたね」

「はい。最低限、コメントだけは暗記しなくちゃって思ってましたから……」

佐伯はその生真面目そうな瞳をいくぶん伏せながら答えた。

「麻美ちゃんはラジオのパーソナリティもやっているんだよね」

「はい。コミュニティFMですけど……」

「ラジオのお仕事もそうだけど、言葉を届けるって難しいよね。ラジオでニュース原稿を読むとき、それは、いかに聞き取りやすくしゃべることが大事なんだと思う。自分の感情を入れずに、ただただ聞き取りやすく原稿を読む。マイクの向こう側の人達のことはあまり関係ない。でも、それが、凄く大事なことなんだよね……」

一条は、そこで一旦区切ると、佐伯の顔を見て続けた。

「でも、キャラクターショーって、言葉を届けるだけじゃダメなんだと思う。ラジオと違って届けたい相手が目の前にいる。常にツーウェイなんだよ。子ども達は、今からヒーローに会えるとワクワクしている。その気持ちを最高の状態にして、子ども達にヒーローを届けてあげる。そして、子ども達が帰るときには、今日はヒーローに会えて良かったたって、心から思えるようにしてあげること。それが私達MCの仕事だと思うんだ。私が新人だった頃、先輩のMCに言われたの。〝私達は言葉を届けるだけじゃない。みんなの『想い』を届けるんだ〟って。アクターの『想い』、ミキサーの『想い』、私達MCの『想い』、その現場に携わっているすべての人の『想い』を。そうすれば、子ども達はヒーローともっと仲良くなれるって。私達は子ども達とヒーローの架け橋にならなくちゃいけないの。私はいつもそう思って子ども達の前に立っている」

佐伯は一条の言葉を心の中で反芻した。

そうだ……　私はコメントを暗記して、上手に話すことしか考えていなかった。みんなの想いを届けるなんて意識はまったくなかった。林さんの言う心がないって……

佐伯は顔を上げ、

「一条さん、まだなんとなくしかわかりませんが、自分に何かが足りていなかったことはわかります」

そこまで言うと勢い良くベンチから立ち上がり、

「今日はありがとうございました」と一条に頭を下げた。

「うん。林さんはああ言ったけど、麻美ちゃんが短期間でしっかりコメントを覚えてきたことは、ちゃんと評価しているはず。そして、麻美ちゃんなら、ちゃんと分かってくれると信じているから、あんな言い方をしたんだと思う。林さんはちゃんと見抜いているはず。麻美ちゃんの一生懸命さを」

「はい。ありがとうございます」そう言って、佐伯が再び頭を下げた。

「じゃ、帰ろうか。今日は車で来ているから送っていくよ」

「自転車なので大丈夫です！　それでは失礼します」

「そうか。気をつけてね。それと、来月から仕上がった人からデビューさせたいって林さんが言っていたから」

と最後に付け加えた。

「はい！　頑張ります！」と佐伯は応え、学校の駐輪場に走って行った。

駐輪場から自転車を出すと、颯爽とペダルを漕ぎ出す。

顔はいつもの明るい佐伯麻美に戻っている。

佐伯は自転車を立ち漕ぎしながら、

「はやし〜！　見てろよー！　絶対上手くなってやるー！」と小さく叫んだ。

3

「ああ、林さんですか。実は、僕が今教えているクラスの男子で、龍に興味を持っている子がいるんです」

電話の向こうでタラコが嬉しそうな声を出した。

「本当ですか！」林も声が弾む。

日々公演回数がうなぎ登りに伸びているリュウプロジェクトにとって、MCとアクターの確保は急務だ。MCはすでに佐伯をはじめとして声優科から五人が練習に励んでいるが、アクターは木本以降、未だ一人も増えていない。

「岩手から出てきて一人暮らしなんですが、バンド活動に結構金をつぎ込んでいて、いつもピーピーしているんですよね。平日の無償公演はボラだけど、土日の一般公開でのショーはギャラが出るぞと言ったら、一も二もなく飛びついてきました」

そう言って電話の向こうで笑い声をたてた。

リュウプロジェクトでは、幼稚園や保育園、仮設住宅で無償公演を実施する活動費を得るため、企業や自治体にショーなどの販売を行っている。

一般公開のショーに出演した際には、ショーの売り上げから、若手と小さい子どもを持つメンバーに対して日当一万円がギャラとして支払われ、残りを活動費としていた。

普段から仕事や家庭のことをやりくりして参加しているメンバーに対して、そのギャラを奥さんや子ども達のために使って欲しいと願う、林達のささやかな気持ちであった。

もちろん林を筆頭にしたおっさん達や橘、高橋は、一般公開といえどもボランティアでの活動だ。すべてをリュウプロジェクトの活動費に充てている。

「本人の都合がつけば、ぜひ、今週の練習会に連れて来てください」

「わかりました。最初に言っときますけど、本人、ビジュアル系のバンドのドラマーなので、驚かないでくださいね」と言って笑った。

林も一緒に笑って電話を切ったが、元来、バンドや音楽に興味が薄い林は、会話の笑いどころが今ひとつわからないでいた。


その週の木曜日、ハルプランニングの一階では、定例の練習会が行われていた。タラコは、リュウプロジェクトに入りたいという生徒を連れて行くため、事務所にほど近い、地下鉄泉中央駅向かいにあるコンビニ駐車場で待ち合わせていた。

コンビニのレジでカップを受け取り、カウンターコーヒーといわれるエスプレッソタイプのマシーンにカップをおいて好みのボタンを押す。

最近のコンビニは、カウンター商材の一つとして本格コーヒーに力を入れている。中でも、この事務所近くにあるコンビニのコーヒーは、味のバランスがとれていて苦味もほとんどない。香りはやや弱めであるが、丸みのある味は、今タラコの一番のお気に入りだ。

お気に入りのコーヒーを手にして表に出ると、突然横から声をかけられた。

「ウッス！」

「おまえなあ……」

「いや、わかってます！　わかってます！　先生が言いたいことは十分にわかっています」

男は〝じゅうぶんに〟のところを強調しながら、幾分腰をかがめ、両方の手のひらをタラコに向けて、タラコが自分に向かってくるのを止めるかのように俯き加減で言った。

男は林に紹介するために待ち合わせをしていた生徒、成田智明であった。

「わかってないだろ」成田の格好を見て言った。

タラコの前にいる成田は、髪を金髪に染め、髪の毛はすべて天を向いている。怒髪天を衝くの言葉どおり、見るものに衝撃を与える。しかも頭部の右側は五厘刈りだ。鼻や口にこそピアスはしていないが、耳にはこれでもかというほどピアスをしている。うっすらだが顔にも化粧がされており、極め付けに唇の色は黒だ。

「これには深いわけがありまして……」

格好からはおよそ想像がつかないしおらしい声を出して弁明をする。

「俺、知らされてなかったんすけど、放課後、バンドのジャケット写真の撮影日になってて……着替えていたら間に合わないと思い、バンドのメンバーに撮影後、速攻、車で送ってもらったんす」

「せめて髪はおろせないのか」

「ムリっす。スプレーとワックスとジェルで固めていますから」

タラコは、なぜかそこだけ誇らしげに応える成田をみて嘆息した。


「お疲れ〜」

一階のドアを開けてタラコが顔だけ突き出して言った。

中で練習をしているメンバーが手を休めて次々に挨拶を返す。

「林さんは？」

メンバーの輪の中にいた木本に声をかける。

木本は人差し指で天井を差しながら、「二階にいますよ」と応えた。

「了解」と言って中に入ると、今度は外に顔だけ出して、ひと言ふた言声をかけると、そろりと男が入って来た。

「おっ！」

中にいたメンバーが、道を歩いていて、突然希少動物にでも出くわしたような表情を見せた。

成田は、本来の生真面目な性格そのままに、一人一人の方に向きながら挨拶している。しかしその挨拶は——。

「ウッス！」だ。

木本は、メンバー一人一人に向かって「ウッス！」「ウッス！」と顎を突き出し挨拶している成田を見て苦笑すると、案外、こいつ良い奴かもしれないと思った。

「林さん、お疲れ様です。例の彼、連れてきたんですが……」

「来てくれましたか。どうぞ」

タラコが中に入り、後ろに向かって声をかける。

「おい――」

おずおずと中に入ってきた成田をみて林は驚いた。目の前にいる男からはとてもアクションをやろうとしている雰囲気が感じられない。かなり贔屓目にみても、不健康そうなイメージしか湧いてこない。

林にしてみれば、意思の疎通にも苦労する宇宙人にしか見えない。

橘達、女性陣が誰もいなかったことに幾分ほっとし、

「とりあえず、下で体を動かしてみるか」と言って、成田を伴い下に降りて行った。

下で木本に引き渡し、「タラちゃんちょっと――」と言って二階に戻る。

「いやあ、林さん、これにはちょっとわけがありまして」

そう言って、タラコは先ほど成田から聞いた話をそのまま林に伝えた。

「約束を優先するなんて意外と真面目なんですね」

「僕も最初は驚きましたよ。ライブハウスでならともかく、初めて会う人との格好じゃないですからね。でも、本質的には真面目な奴なんです」と言うと、「どうでしょうか……　やつ……」と続けた。

「毎日あの格好じゃないんだし、本人がやりたいと言うならやらせましょうよ。アクターはとにかく足りてないんですし」

「そうですか。よろしくお願いします」

タラコがほっとした表情を浮かべて頭を下げた。

「アクターは顔を人前に出しませんし、マスクつけりゃビジュアルなんてわかりませんよ」と言って笑った。

ひとしきりスケジュールの件や、楽曲の懸案事項の打ち合わせを終え、時計を見ると、午後九時を回っていた。

「練習会も終わった頃でしょうから下に行ってみますか」

林の言葉で二人は下に降りて行く。

一階では、練習を終えたメンバー達がこちらに背を向け、座りながら話し込んでいる。

「普段から頭の右側は五厘刈りのままなのか」

「いえ、ここの頭の中心を見てください」

そう言って、質問をした木本の顔の前に、逆立つ髪の毛をした頭を突き出すと、額の中心あたりを指差した。

「よく見てください。五厘部分と髪の毛が生えてる部分は半々じゃないんですよ。若干髪の毛が生えてる方の面積が広いんす」

なぜかこのビジュアルに関する説明になると、成田は誇らしげになる。

「ほおー」

「おおー」とつられて、意味もわからず原田と杉山が感嘆する。

「普段はこの面積の広い方の髪の毛を右側に垂らして、五厘刈りを隠してんす。ピアスも化粧も落とせば、ビジュアル系のバンドマンだとはまったくわからなくなるんすよ」

「なるほど！」

今度は木本が感嘆し、斎藤や原田、杉本が頷いている。

「こんな短時間ですっかり溶け込んでますね」

「あんななりをしていますが、本来は優しい素直な子なんです」

「あの様子なら心配いりませんね。じゃ、二階に戻りますわ」

林はそういうと、タラコに「お疲れでした」と頭を下げ二階に戻って行った。

4

初めて成田が練習に来た翌日の昼過ぎ、ハルプランニングの一階で、林はスマホを見つめていた。

液晶画面には、〝神谷勉〟と表示されている。

しばらく何事か思案していたが、おもむろに通話ボタンにタッチした。

電話はワンコールで繋がった。

「神谷です。ご無沙汰しております」

「ああご無沙汰」と林は言って、

「震災の後、社長と大分やりあったらしいな」と続けた。

「ご存知でしたか……」

「風の噂で聞いたよ」

林の一言で、震災後の社長室でのやり取りが思い出される――。

神谷は震災後、いち早くキャラクターでの避難所慰問を社長に進言していた。

「今、避難所にライガーを出さないで、いつ出すんですか！　ライガーじゃなくてもいいんです、他のキャラでも何でも。いつもテレビで子ども達に応援してもらっているキャラなら何でもいいんです。社長！　キャラクターを出してください！」

それに対し社長は、

「万能のヒーローが被災地で何もできなかったら、それこそ子ども達がかわいそうだろうよ」と言った。

ある意味、それも正しいのかもしれない。

しかし、神谷はなおも食い下がる。

「そんなことはないはずです。側にいるだけで……　寄り添うだけで、子ども達の力になれるはずです。自分は二十五年以上現場に立ってきた人間として、ヒーローの力を信じています」

それに対する社長の言葉は冷たかった。

「そんなことより、この震災で被った売上減少をなんとかすることを考えろ！」

神谷は怒りを隠そうともせず、社長室をあとにした。

林の「神谷」と呼ぶ声で、現実に引き戻された。

「すみません。昨年のことを思い出してしまいました」

「突然、悪かったな……」と詫びた後、

「俺達のこと、聞いているだろ」と続けた。

「知らないわけないでしょう。おかげで、社長は毎日機嫌悪いですよ。林さん、昔から社長怒らせるのは得意だからなあ」と神谷は幾分おどけてみせた。

林はひと笑いした後、静かに続けた。

「神谷、手伝わないか。本物のヒーローを」

突然、しかもあまりに単刀直入の林の問いに、神谷は一瞬、鼓動が跳ね上がり、そして、スマホを握ったまま押し黙った。

お互い無言の時間が過ぎていく。

やがて、

「自分、現役社員っすよ……」とサンダーライガーの東北地区代理店に勤める神谷が応えた。

「児島にも同じことを言われたよ。そして、児島にも同じことを言ったんだが、俺と神谷がいるリュウプロジェクト。面白くないか」

そう言ったが、林はすぐに「冗談だ」と付け加えた。

その後、世間話をして通話を終えたが、林に、「神谷、手伝わないか」と言われたあとの世間話は何も覚えていない。

神谷にとって、リュウプロジェクトを手伝うということは、今の会社を辞めるということであった。

「こんな会社、まったく未練はない……　しかし……」

神谷には三人の息子がいる。長男は今年大学進学が決まっている。次男、三男は高校と中学、いずれも私立に通っている。生活は決して楽ではない。

林には「冗談だ」と言われたが、あれから神谷の頭から、林の「手伝わないか。本物のヒーローを……」の言葉が離れない。

午後九時を過ぎたところで神谷は、今日のまとめと明日の段取りを終え、大きなため息をひとつ漏らし、パソコンの電源を落とし会社を出た。


「雅美、話がある」

その夜、帰宅した神谷は真っ先に妻の雅美を呼んだ。

午後十時を過ぎており、息子達はそれぞれ部屋に籠っていた。

雅美がコーヒーを二つお盆に載せて神谷の向かいに座り「なあに？」と尋ねた。

「実は……」と言ってからの言葉が続かない。

数秒間の沈黙を挟んで突然、「龍でしょ」と雅美が問いかけた。

「えっ、どうして……」

「林さん達のこと、昔の仲間からいろいろ聞いているよ。私たちＯＧ会の情報網を甘く見ないでよね」とニコリと微笑んだ。

雅美が結婚前にMCとして働いていたサンダーライガー東北地区代理店のOB・OGからも、林達のプロジェクトは注目されていた。

「やればいい。リュウプロジェクト。今の会社にいるより、転職して、林さん達と一緒に被災地の子ども達に夢や希望を届けてよ」

まだ何も言えない神谷に雅美は続けて、

「震災前から誘われている会社があるって言っていたじゃない。そこに転職してリュウプロジェクトやれ！」

「お前、本当にいいのか……」

「年収上がるのか下がるのかわかんないけど、子ども達も手がかからなくなってきているから、私もフルタイムで働くわ。これでも看護師ですから、私が働くと言ったら引く手あまたですからね」と満面の笑みで続ける。

「雅美ありがとう！」

神谷は、こんなにきつく抱きしめたのは何十年ぶりかわからないほど、雅美を抱きしめた。

第七章　希望

1

二月下旬、この日、リュウプロジェクトのメンバーは、神谷の顔合わせと今後のスケジュールの件でいつもの国分町にある斎太郎にいた。

いつもと多少異なるのは、二十歳になったデジタルアーツ声優科のMC希望の子達とアクター希望の成田智明ら六人が加わったことだ。六人ともショーにはデビューしていないが、リュウプロジェクトのメンバーとしてみんなに迎え入れられていた。

「神谷、よく思い切ったものだな」と児島の問いに、

「いや、震災以降あの会社にはもう未練はなかったし……　て言うか、児島くんも同じでしょうが、僕よりずっと先に辞めてるし、木本だってそうでしょう。こいつも俺より先に辞めている。児島くんも木本も堪え性がないんだよ」

「それなら、龍のラフ案描いた涼介さんだって同じっすよね」と木本が笑った。

「ああ、みんな同じだな。神谷、堪え性で言ったらお前も同じだろうが、社長室での一件、ここにいるメンバーみんな知っているよ」と林が言うと、大きな笑い声があがった。

笑い声の中、林がふと見渡すと俯いた一条の姿が目に入った。

「どうした一条」

林のかけた言葉にみんなが一条を振り向くと、頬についた涙の跡を隠そうともせず、

「でも、そのおかげでこんなに凄いメンバーが集まった。私はコスモエースに行く前、一年以上サンダーライガーの会社にもいたの。だから、林さんが、神谷さんが、今この場所に二人揃っていることが信じられなくて……この二人は、東北のキャラクターショーをそれぞれの時代を牽引していた人達で、みんなの憧れであって目標だったの」

「だよなあ……　たしかにすげえや」と木本が頷いた。

「まっ、身内の自慢話はここまでにして、実は今日はもう一つ大事な話があって集まってもらった。橘から説明があるのでみんな聞いてくれ」

林の話を受け、橘から全員に資料が配られた。

表紙には、〝東北放送六十周年記念ファミリー向け特別番組企画〟と書いてある。

橘が話し始めるより先に、資料をめくった者達から驚きと喜びの声があがった。

若手の原田や杉山、成田が真っ先に、

「うっそ！」

「まじか！」

「すげえや！」と声をあげた。

「えっ、テレビ放映！」

佐伯達、声優科の五人も目を輝かせている。

先に話を聞いていた一条や鈴木も嬉しそうな表情でまわりの者達と話していた。

ある程度座が落ち着いてから、橘が話し始めた。

「みなさんにお配りした資料に書いてあるとおり、破牙神ライザー龍のテレビドラマ化のお話が東北放送からありました。私達のこれまでの活動と、昨年十月に開催した一般公開ショーの集客力に驚き、東北放送としても協力したいとの申し出です。放送回数や、時間、そして私達に支払われるロイヤリティなどはお手元の資料をご確認ください。撮影は五月十二日がクランクイン。六月初旬をクランクアップの予定としていますが、東北放送が懸念しているのが、アクターの皆さんのスケジュールです。東北放送からは、そもそも論として、アクターのスケジュールが確約できない場合は、このお話を進めていくことができない旨も申しつかっています」

ここまで話すと、橘は林の方に向き、

「アクターの皆さんのご意見を聞き、明日までに東北放送にご回答しようと思います」と言った。

橘の話を受け取り、林が話し始めた。

「聞いてのとおりだ。俺は、この話には乗ろうと思う。昨年十月以来、日増しに増える公演依頼だが、まだまだこの活動のことを知らない幼稚園や保育園、避難所が多いと聞く。時間は五分枠と短いが、夏休みを挟んでの二ヶ月間、八回テレビのオンエアに乗る意味は大きいと思う。ここでみんなの意見を聞きたい。忌憚のない意見を聞かせて……」と、ここまで話しながら改めてみんなの顔をみると、もう言葉を続ける必要性がないことを林は確信した。

「だよなあ、んじゃ、橘、この話し進めてくれ」といくぶん砕けた物言いで言うと、最後に、「神谷、木本、キャスティングは任せる。撮影は平日が多いからその辺も考慮して決めてくれ」そう言った。

林の話が終わるやいなや、思い思いに隣同士で話が始まった。みんな、顔にも会話にも嬉しさが溢れている。そんな喜び溢れる喧騒の中、「そういえばさ」とタラコが一条に話しかけた。

「なんですか」

「今月の公演回数って、何回なの？」

「二十六回だと思いますけど、一応確認しますね」と言って自分のスマホでスケジュールを確認した。

「えーと。今月は二十六公演。ちなみに来月三月も二十六公演、四月は十七公演。それ以外にも毎日問い合わせと申し込みがきていますよ」

「まじか！」と驚いたタラコが、みんなの方を向いて、

「ちょっと俺からお頼み」と手を上げた。

児島が「どうしたの」と水を向けると、みんなの視線を集めたタラコが話し始めた。

「テレビドラマ制作で盛り上がっているところ恐縮ですが、みなさんに質問です。今月、龍の公演は何回あったでしょうか？」

素早くスマホを出して龍のホームページにアクセスしているのは、鈴木、原田、杉山の若手だ。さすがに橘や高橋達は、毎日一条と一緒にメンバーを回しているのでその辺の数字は頭に入っているようだ。

いち早くホームページにアクセスした原田が、

「うわっ、二十六回！　来月も二十六回だ」と驚きの声をあげた。

「それだけ私達の存在が、誰かの役に立っているということですよね」と鈴木が続けた。

「そうなのよ。それをきちんとこなすためにも、今日の議題にもある今後のスケジュールの件を話しておきたいのよね。テレビ化の話で盛り上がって、すっとばされそうな感じでしたので、僭越ながらお耳を拝借いたしました」とタラコは、幾分おどけて自分の話を終わらせた。

「俺もそうだったけど、漠然としか把握していなかった。メンバーは一条と高橋を中心に回していて二人に頼りっぱなしだ。まずは、みんなもう少しスケジュールのことを気にしよう」と林が言った。

「メンバー回すのってすごい大変なんすよ。俺、ライガーのメンバー担当だったからわかるんですよ。ライガーの時は、まだ土日の週末だけでしたけど、龍は月に二十六回って……　フルパッケージショーじゃないとはいえ、大変な作業ですよ」と木本が続けた。

「平日だと、休みの人間が限られているし、仮に休みだったとしても公演時間に合わせられない場合もあると思うし、逆に仕事でも、職種によってはこの日の午前中は行けるというメンバーもいると思うんだよね。だから、受け身じゃなくて、さっき林さんが言ったように、全員がスケジュールを気にして、自分から高橋と一条に行ける日をメールしてやってくれ」

神谷がそう言うと全員が大きく頷いた。

「まずは、俺を含めて林さんもですからね」と念を押し、さらに高橋と一条に向かって、「お前達もおっさん達には連絡しにくいだろう。一番暇なのはわかっているのにな」と言うと、高橋が思わず「はい！」と元気に返事をした。

「あっ！」と訂正しようとする高橋に、「気にするな、そのとおりだ」の林の声が笑いながら被さった。

そこに、斎太郎の店主本田が両手に焼き鳥の大皿を持ちながらやって来た。

「はい、これ店からのサービスです」とテーブルに置いていく。

高橋と一条の前に皿を置き、いつものニコニコ顔で、「午後一時くらいまでに店に入れる現場なら俺も行けるから、こまめにチェックしてメール入れるね」とさりげなく言葉を添えた。

「ありがとうございます」と高橋と一条は、二人揃って頭を下げた。

「本田いつもすまんな」と林が言うと、

「初めて一条達がこの店にやって来て、林さんと話してからまだ一年も経っていないんですよ。俺、すごく感動しています」とこっちも涙目になっている。

「そうだな」林はそう言って満面の笑みを見せた。

三月に入るとすぐに神谷から連絡が来た。テレビのキャスト案とリハスケジュール案ができたので打ち合わせをしたいとのことだ。

今回は神谷と木本に一任する承諾は、前回のミーティングで了承はとれていた。

林の「いつでもいいぞ」に、

「それでは今日の午後七時頃、木本と事務所に伺います」と応えて電話を切った。

午後七時、事務所のテーブルで、林、神谷、木本が何枚かのペーパーを見ながら唸っていた。

「平日時間が自由になりやすい人間と、キャリアを重視して選んだらこうなりました」と神谷が言うと、

「龍が林さん、ヴァイラスが神谷さんは譲れないですよ」と木本が続けた。

林は、ペーパーに落とし込まれたキャストを指でなぞりながら確認していく。

〝破牙神ライザー龍／林　貴志〟

〝ヴァイラス／神谷　勉〟

〝アヴェス／杉山　徹〟

〝タゴマール／木本　崇〟

〝タゴマール／斎藤健文〟

〝タゴマール／原田辰巳〟

〝予備／本田修平・成田智明〟

〝舞台監督／児島秀雄〟

〝音響効果／タラコ〟

林はやがて、「わかった」と一言頷いてから言った。

「今日東北放送から連絡が来て、アクション監督をやる青田くんが早急に殺陣の打ち合わせをしたいそうだ」

「青田くんって林さんのところにいた青田さんですか」

木本が、口元まで運んでいたマグカップをテーブルに戻し林に聞いた。

「そう、その青田さん。今、映像の仕事をやっているらしい。今回の監督と昵懇らしく、元アクターなら適任だと言うことで選ばれたらしい。殺陣の打ち合わせとリハは、最低でも俺達三人はできる限りオールで参加しなくちゃならないだろう。取り急ぎ打ち合わせの日程は任せてもらっていいか。絶対ダメな日を一条に伝えておいてくれ。あとは青田くんと一条で決めてもらう。一条、頼むね」と投げかける林に「了解です」と一条は応えた。

神谷と木本が帰った後、林はキャストのペーパーを見て深いため息をついた。

見かねた一条が、「どうしました」と林のペーパーを覗き込んで聞いてくる。

「龍は、原田か杉山の若手にやらせようと思っていたんだけどなあ……　それに……」と言いかけた瞬間、

「ダメです！」

一条の大声が被さった。

「龍は林さん、ヴァイラスは神谷さん。これは譲れません。木本さんも言っていたじゃないですか」と口を尖らせて抗議した。

「わかった。わかった。やる。龍は俺がやる」と思わず林が宣言すると、一条は、「ああ、よかった」と席に戻って行った。

林は、もう一度、深いため息をひとつ吐くと、「じゃ先に帰るわ」とみんなに片手を上げて事務所を出て行った。

撮影は、普段のショーと異なり、一カットの撮影は短いが、殺陣のリハーサルの他にテクニカルのリハーサルもある。当然、監督が気に入らなければ撮り直しもある。

人手の少ないリュウプロにとってスタンドインなどの人手を用意することもできない。役者がすべてをこなさなくてはならない。

何より撮影日数に限りがあるので、撮影は文字どおり、日の出から日没までだ。

先月四十九歳を迎えた林は、体力増強の必要性を痛切に感じ、そのためにも、まずは余計な脂肪を落とせるだけ落とさなくてはと考えていた。

「クランクインまで二ヶ月。それまでに六五キロくらいまで絞らなきゃな……」

林は、車に乗りエンジンを温めながらひとり呟いた。

ちょうど一年前の震災時、長く現役を離れていた林の体重は八八キロ。

それを一条達の、「アクター経験者が足りないんですから、林さんも痩せてキャラに入れるようにしてください」と半ば強制的に減量を始めさせられ、リュウプロジェクトが始動する十月までの半年間で七五キロまで体重を落とし、みんなを驚かせた。

それからさらに五ヶ月。

今は七一キロ前後を行ったり来たりだ。

「あと五、六キロか……」と呟いた後、

「やるしかねえか！」そこだけはっきり声に出し、静かに車を出した。

2

数日後、アクション監督の青田とリュウプロジェクトの面々が事務所一階の練習会場に顔を揃えた。一通り自己紹介を終えた後、早速ストーリーの説明が青田より行われた。

青田の説明が終わり、思い思いに体をほぐしながら、

「いやー、脚本が馴染みのあるものでよかったですよ。テレビ用の違う本だったらこの短い期間で一から覚えるのは大変すよ。なんせ、俺達おっさんですから」と木本が言った。

今回渡された脚本は、現在一般公開で演じているものをテレビ用に多少アレンジしたものだった。そして、最近、この「おっさんですから……」をみんなよく使っている。

林は、木本の「おっさんですから」の言葉を聞くと、そこには被災地の子ども達に夢を届け、歳とともに自分達の夢も重ねながら進んでいる誇りと自信が垣間見えるような気がした。

「そろそろ準備がよければアクションシーン一から始めていきたいのですが」

青田の声と同時に、リュウプロジェクト初めての企画、テレビドラマ化の最初のスタートを切った。

青田のつけるアクションは、一般公開のライブとは多少異なる部分があり、メンバー達を戸惑わせることもあった。

その度に、青田は自らカメラを回し、

「今のシーンが、カメラ位置を通常の観客目線とは異なった視点で撮るとこうなります」と実際にカメラを回す位値から撮った映像で丁寧に説明する。

こうやって青田とリュウプロジェクトのメンバーのリハーサルは、毎夜、深夜まで続いていく。

被災地の子ども達が、

「僕達、私達の町にはこんなかっこいいヒーローがいるんだ」と誇れるようにするために――。

3

アクシデントは突然訪れた。

クランクインまで一週間を切った五月初旬、物語の主軸を担う一人である林が、右足小指の骨折をしてしまった。

一階の練習会場はマットが敷いてあるので、裸足で稽古やリハーサルを行うのが常であった。

今回はそれが災いした。

青田が来る前に、前回提案されていた多少トリッキーな技の完成度を高めようとしていたときだった。

メンバーは木本以外に若手のみ。神谷からは仕事の都合でギリギリになると連絡をもらっていた。

「木本、空中での蹴りのポイントをもう少し上にしたいので、お前が抱えている俺の足の支点をもう少し上げてもらえるか」

「こんな感じでいいですか」と若干林の足を抱えている右手を上にあげた。

「ああ、そんな感じで一回いってみる。せーの！」と言って林が空中に身を翻し、蹴りを放ち、着地した瞬間、

〝ボキッ！〟と確実に何かが折れる音が全員の耳に届いた。

「あ！」

そこにいた全員が声を揃えて叫んだ。

着地したときに蹴り足の小指から落ちたようだ。

「林さん、今の……」と木本が林を見るが、蹴ったあとに着地したまま、当の林は特に痛ぶるふうでもなく、「今、〝ボキッ〟ていったよな」と呟いた。

木本が「立てますか」と手を伸ばした。

木本の手を掴み立ち上がり一言、「やっぱり痛えや」と言って患部を見ると、足の小指が変な方向に曲がっている。

木本がしゃがんで林の小指を凝視していたが、顔をあげて一言言った。

「これ、まずいやつですよ」

「ああ、そうだな。ちょっくら医者行ってくるわ」と言って、近所の救急病院に向かうことにした。

「自分が送っていきます」の木本の言葉を断り、

「お前はこのあとのリハーサルを続けてくれ」と言って林はドアを出て行った。

「龍のパートの林さんがいなきゃリハーサルできませんよね……」

原田と杉山が木本に言った。

「殺陣以外にも覚えることがあんだろうが！　林さんが戻ってきたらすぐ再開できるように、俺達の立ち位置や絡みのタイミング等、できることは全部やっておく」

「えっ、林さんあの足でやるんですか」と成田が驚いた表情を見せた。

「だって小指とはいえ、完全に反対側に向いていましたよ」と杉山も続けて言った。

「それでもあの人は、あのくらいの怪我だったらやる」

「あのくらいって……」

そのとき、ドアが開いて先ほど出て行った林が顔を出した。

「そうそう、この件、青田と東北放送関係者には黙っておけよ。あとで神谷が来たら伝えておいてくれ。わからない範囲で多少殺陣を変えるかもしれんって。んじゃ」と言って、高橋に支えらえながら病院に向かった。

木本は、原田達を見て、

「だろ」

そう言ってニコリと微笑んだ。

「俺達には代役がいない。それを一番わかっているのは林さんだ。たしかに大変な怪我かもしれない。でも、あの人は自分の怪我と、子ども達の夢、希望、笑顔、そして俺達の夢を天秤にかけたとき、自分の怪我を捨てる人だ」

原田と杉山、そして成田は、木本の言葉に「はい」と大きく頷いた。

そして何事もなかったようにリハーサルは再開していく。

その頃、病院では別な意味での一進一退の攻防が繰り広げられていた。

「先生、痛いってば」

「それはそうだろう。これは痛いよ」

医者は、レントゲンを撮ってから、折れた足の指をまっすぐに伸ばすため、患部の指を引っ張ろうとしているのであった。

「麻酔とか、かけないんですか」

「大丈夫、一瞬だから、いくよ、大きく息を吸って」

「ちょっと待ってください。先生のタイミングじゃなく、自分のタイミングに合わせていただけますか」

先ほどの稽古場との印象とはまるで違う。

「わかった。んじゃいいかい」

「そうじゃなくて、自分がお願いしますと言ったら引っ張ってください」

しばし瞑想し、心が落ちつくのを待って、

「それでは……」と言った瞬間、先生の手が動き、林の「ガッ」とも「ギャッ」ともつかぬ悲鳴が口から漏れた。

「先生、今の早くなかったですか……」と林の口から思わず漏れる。手はズボンのジャージを握りしめている。

顔も真っ赤だ。よほど痛かったのであろう。

「いや、こういうのは意表を突いた方が痛くないもんだよ」と林の姿をまったく意に介さず飄々として応えた。

「では、この後、隣の処置室でギブスをかけるので看護師と移動してください」と続ける医者に、

「先生、待ってください。ギブスはできません」とお願いした。

「いや、だって完全に折れていたので、しばらくは患部を固定して動かせないからギブスはしなきゃダメだよ」

「ギブスをしても靴履けますか？」

「靴？　無理だろ」と林の言葉は一蹴された。

「ですよね」とうなだれる林だが、ややあってキッパリ、

「なら、ギプスはできません」とこちらも譲らない。

医者は、しばし思案したあとに言った。

「そこまで言うなら、治りは遅くなるけどアルミ板と包帯で固定しますか」

「ありがとうございます。是非そうしてください」

「その代わり、こまめに診察に来てくださいよ」と付け加えられ、林は「はい」と満面の笑みで応えた。

処置が終わり待合室に出ると、高橋が待っていた。

「待たせてすまなかったな」

「大丈夫です。それよりさっき、〝ギャッ〟みたいな声が聞こえてからだいぶかかっていましたので、そっちの方が気になっていたのですが、大丈夫だったんですか」

林は、幾分〝ギャッ〟の部分にひっかかりながらも、

「このまま撮影に入っても大丈夫だそうだ」とかなり強引な解釈を披露して高橋を安心させた。

4

撮影は予定どおり五月十二日から始まった。

この日は、傲魔一族が人々を襲うシーンからだ。

佐伯が通うデジタルアーツ仙台をはじめとして、たくさんのエキストラが参加してのシーンだ。もちろん、佐

伯達新人MC候補も、全員集合で撮影スタッフの裏方として臨んでいた。

林の骨折というアクシデントはあったが、テレビ撮影は新しい企画も運んできてくれた。


「橘さん、どう思います」

そう訪ねたのは、東北放送事業部の菅原だ。

いま、橘が見ているのは、自動車メーカートヨタが企画する「トヨタコレカラプロジェクト」の企画書だ。

全国の民放と連携し、世の中に新しい風を吹かせようとしている人達を「コレカラパーソン」として応援するプロジェクトの詳細が書かれていた。

「どうです、橘さん。東北放送としては、このプロジェクトにリュウプロジェクトを推薦したい。もっとも各県一企画ですから、県内の他の民放とのコンペにはなりますが、決まれば、約三分のドキュメンタリー番組を五本程度制作し、それをトヨタのキャンペーン公式ウェブサイトで誰もが一覧できるようになります。ドキュメント素材は、今撮影しているメイキングを主軸に、保育園等への訪問の様子を取り上げたいと考えています。リュウプロジェクトの知名度アップにも繋がると思いますがいかがでしょうか」

「ありがとうございます。私達の知名度アップもそうですが、番宣の意味も大きいと思いますので、ぜひ進めてください」

「そうですか。助かります。それでは早速コンペの準備に取り掛かり、結果が分かり次第ご連絡します」

橘はその後、簡単なスケジュール確認をし、東北放送社屋をあとにした。

コンペ結果がリュウプロジェクトに届いたのは間もなくのことであった。

もちろん宮城県代表として、破牙神ライザー龍が「コレカラプロジェクト」に参加するというものだった。

「みなさん、コレカラプロジェクトの宮城代表は、私達リュウプロジェクトに決まったそうです」

事務所の一階稽古場で、次の撮影リハーサルをしている林達に、その情報は橘から伝えられた。

「おお、すげえや！」の原田を皮切りに、みんな嬉しそうだ。

「それと、九月まで継続するこの企画ですが、その間五本程度、ドキュメンタリー番組が公式ウェブサイトに掲出されますが、どの動画が一番共感を得たか、リアルタイムでランキングが公表されるそうです。全国一位になったら、トヨタカローラの新車発表会に招待され、全国一位に選ばれたコレカラパーソンとして紹介されるそうです」

橘の補足に、原田はガッツポーズで応えた。

「俺、一日中スマホのスイッチ押しまくるぞ！」と杉山が言ったが、

「パソコンを含め、一端末で一日一回しか投票できないシステムになっているそうです」の橘の声に一気に意気消沈した。

「みんな間違えるなよ」の神谷の声に全員が神谷を振り向く。

みんなの視線を集めた神谷が続けた。

「俺達が今やらなくてはならないのは、被災した子ども達が、龍を見て、勇気や希望を感じ取ってくれる頼もしい映像だ。コレカラパーソンはあくまでも副産物だ。まずはこっちに集中しろ。俺達が演じる映像だ。結果は

ついてくる」

「はい」と木本、斎藤、原田、杉山、成田達が神谷の言葉に応えた。

「それではリハを再開したいと思いますので、所定の立ち位置についていただけますか」

青田の言葉で撮影リハは再開した。

5

数日後、コレカラプロジェクトの公式ページが立ち上がった。

「みなさん、各県の代表だけあって素晴らしい活動をしている方ばかりですね」

パソコンの画面を見ながら一条が、橘と高橋に話しかけた。

「そうね。私達も負けてられないわね」と橘が言うと、

「トップページのビジュアルはダントツに目立っていますよね」と高橋は言った。

画面には他県の代表の人々の写真に混じって、龍が構えている写真が収まっている。

「確かに」

「ところでランキングは……」と言って高橋がパソコンを操作した。

「ありゃ！」

高橋が変な声を出すのと同時に、他の二人も「あっ！」と声を揃えた。

画面には最下位と表示されている。

「うーん。神谷さんにはランキングなんか気にするなと言われていたけど、まさか最下位とはねえ……」と橘がうなだれた。

「でも、見てください。まだリュウプロジェクトのページに動画が一本もアップされてないですよ」と一条が言うと、高橋が忙しくパソコン上をあっちこっちクリックした。

「ほんとだ。うち以外は全部動画がアップされているけど、うちはまだトップページのビジュアルだけで動画があがっていない」

「よかったあー。これからですよね。きっと動画がアップされたら一気にみなさんに追いつきますからね」と一条が言った。

橘は「そうね」と頷き、「夕方みなさんが集まってくる前に、本業の仕事を片付けてしまいましょ」と言って仕事に戻るように促した。

6

撮影も終盤を迎え、まもなくクランクアップしようとしているとき、その問題は持ち上がった。

「林さん、もっと高く飛んでいただけませんか。林さんのスキルならこんなの簡単でしょう」

そう言って、監督は傍のミニトランポリンを指差した。

今撮っているシーンは、最後の大殺陣に入る前に剣を取り出した龍が、ジャンプして上から傲魔一族の怪人アヴェスに切りかかるシーンだ。

高さを稼ぐため、ミニトランポリンを使っている。

平時なら簡単な動きも、右足の小指が折れている身ではままならない。トランポリンを踏み、足が沈み込んだ瞬間に激痛が走る。

それまで平静を装い、平地のアクションをなんとかこなしてきた林を見ている監督は、林の指が骨折していることを知らない。林に容赦なくテイク数をぶつけてくる。

「青田さん、ちょっといいですか」

見かねた木本が、メイン監督ではなくアクション監督の青田に声をかけた。

青田は無言で頷くと、木本に歩み寄って行った。

「実は――」と木本が口を開きかけたとき、神谷が割って入ってきた。

「今日はこの辺にしませんか。だいぶ日も暮れてきましたし、先撮りしていたシーンと背景の明るさがあまり違いすぎると修正に手間もかかるんじゃないですか」

空を見上げ、何か腑に落ちないものを感じつつも、

「それもそうか」と頷き、「監督と相談してくる」と言って戻って行った。

監督同士相談が始まると、林のもとにメンバーが集まってきた。

若手が、「林さん大丈夫すか」と口にする。

「このおっさんはこんなんじゃ大丈夫だ。みんな心配するだけ損すっから」と神谷が軽口をとばした。

林は、神谷の軽口に笑いながら、

「ああ、悪いな。余計な時間をかけてしまった」と言った。

「どうします……」

心配そうな顔で木本が林に問いかけた。

「次回の撮影時、最初に撮ってもらう。その最初の一回にかける——。というか、一度痛い思いすると体が勝手に止めちゃうんだよなあ。だから最初の一回目に思い切りトランポリンを踏んで飛ぶ」

「少しは林さんも人間に近づいたらしい。痛みという感覚を感じることができるようになったらしいから」と神谷がまぜっかえすと、

「うるせえ！」と林も負けていない。

ここには悲壮感の欠片もない。

神谷の軽口も林を信じているから口に出せるのであって、それに大笑いできるメンバーも、みんながそれぞれを信じあっているからこそであろう。

離れて見守っていた一条が、「なんかいいですね……」と呟いた。

「林さんも、神谷さんも、それに木本さんも、子どもがそのまま大人になったような人達だから、子ども達の気持ちがわかるのかも。だから、〝俺達が絶対にかっこいい龍を見せてやるんだ〟っていう思いで頑張れるのかもね」と橘が重ねた。

青田が戻ってきた。

「監督とも話したんですが、神谷さんのおっしゃるとおり、日を改めることにしました」と言った。

東北放送の社員、各監督、リュウプロジェクトを代表した橘が、次の撮影日とリハ日の確認等をしてこの日の撮影は終了した。

「木本さん」

突然青田から声をかけられ、木本は、着替えテントに向かっていた足を止めた。

「なんですか」と何事もなかったように応えるが、要件は薄々感じてはいる。

「林さんの件ですが、なんか怪我でもしているんじゃないですか」と青田は単刀直入に聞いてきた。

キャラクターの現場を長く離れていたとはいえ、元は林と共にバリバリのスーツアクターだった青田の目はごまかせない。あきらかに林の怪我を疑ぐっている。

やっぱりきたかと感じつつ、

「いや。大丈夫ですよ。多分疲れが溜まっているんじゃないすか。林さんもおっさんだから」と言って無理に笑顔を作った。

「疲れているからといっても、あれくらい、林さんのスキルだったら問題ないでしょう。それなのに、あんなにテイクを重ねて……　その挙句、次回に持ち越すなんておかしいですよ」

「まっ、林さんも人間だったということで――。お願い！」と顔の前で木本は手を合わせ、拝む仕草を見せた。

青田はその姿をしばらく見つめていたが、はあ……　と深く嘆息すると、

「しょうがないか……　なんか寂しいなあ。あの人、昔から無茶ばっかりするから、ちゃんと見ていてくださいね」そう言うと去って行った。

木本は、今日一番のため息をついて、

「無茶ばっかりすんのは、林さんだけじゃないんだよなあ……　神谷さんだって相当なもんだし……」と独り言を呟いた。

「なんか言ったか」と神谷に突然後ろから声をかけられ、木本は思わず背筋が伸びた。

直立不動で回れ右をし、慌てて「なんにも言っていません」と口にする。

心の中で、先輩はいつまでたっても先輩なんだよなあ……　と、一人ごちる。

7

「シーン三六、用意、スタート！」

青田の声が響き、林が走り始めた。

目の前にあるのは前回撮りこぼしたミニトランポリンだ。

林の要望どおり、この日の最初の撮影にしてもらっていた。

怪我を知っているメンバーは祈る思いで林を見つめている。

「オリャーー！」

林は気合を入れて躊躇なくトランポリンを踏んだ。

林の体が空に向かって伸びていく。

剣を持った上体も安定している。

空中でさらに両手で剣を振り被り着地と同時に剣を振り下ろした。

一瞬の静寂の後、

「カァーット!」の大声が監督からかかった。

青田が監督の傍にあるモニターに走って行く。

二人でモニターを見つめていたが、やがて青田がこちらに顔を向けて、

「オッケー!」と腕で丸を描いた。

林の宣言どおり、ワンテイクでOKが出た。

「こんな簡単なアクション、最初から本気出してくれればいいのに。なあ」と青田に向かって監督が同意を求めた。

「そうですね」

青田はそう一言だけ残し、次のシーンの段取りに向かった。

8

撮影は、何度か天候不良で予備日に振り替えられることはあったが、予定どおり六月三日にクランクアップを迎えた。

カメラのフレームの中には、龍とヴァイラスが対峙していた。

これから物語の最後のシーンが撮られようとしている。

いつもの撮影では、他の者が拡声器で読む台詞にアクターがあてぶりをし、後日声優がアフレコをする流れだったが、この最後のシーンは、監督の強い要望で役者自らがマスクの中で喋ることになっていた。


「よーい！　スタート！」

監督の合図で、林演じる龍が喋り始めた。

「ヴァイラス！　貴様がそうであるならば、俺は貴様を止めるまでだ！　そして覚えておくがいい、たとえ我が身が傷つこうとも、俺は何度でも立ち上がり、闘い続ける！」

龍の台詞に神谷演じるヴァイラスが続く。

「もはや一瞬たりとも貴様を生かしておくわけにはいかん！　覚悟しろ！　破牙神ライザー龍！」

「行くぞ！　ヴァイラス！」

「うぉぉぉ！」

台詞と共にアクションシーンに突入する二人。

「アクションシーンは別撮りって言ってなかったか……」と原田が呟いた。

「でも、凄い。二人の気迫がここまで伝わって来る……」一条が言った。

「離れた」

一条は、杉山の声に思わず監督を見た。

しかし、監督はモニターから目をそらさない。

モニター画面には、両肩で息をする龍とヴァイラス。いや、林と神谷の姿があった。

ややあって、林が一歩前に進みながら、台詞を喋り始めた。

「今からでも遅くはない、貴様が人間だったときの気持ちを思い出せ」

「ナハトもリヒトも知らぬ貴様がぬけぬけと！」

神谷がヴァイラスの台詞を続ける。

「確かに俺は、ナハトもリヒトも知らない。だが、いつの時も、人が人を想う心は同じはずだ！　ヴァイラス！　俺の心を受け止めろー！　うぉぉぉー！」

林の気合と共に次のアクションシーンに突入する二人。

「まだ続けるのか……」

木本が思わず声を漏らした。

隣では一条が、手を胸に二人を見つめていた。

やがて最後の殺陣が終わり、対峙する龍とヴァイラス。先ほどより大きく両肩で息をしている。

しかし、その姿は着ぐるみではなく、現実世界と見まごう龍とヴァイラスが屹立していた。

「監督」

アクション監督の青田が声をかけた。

「ああ」と一言頷き、

「カァーット！！」

現場に、監督のこの日一番の大声が響き渡った。

その声と同時に、林と神谷のもとに椅子と飲料を持ってリュウプロジェクトの面々が駆け寄って行く。

「林さん、神谷さん、凄かったです！」

「かっこよかったっす！」

みんな思い思いの言葉を口にする。

「いやあ、このおっさん、夢中になると加減できなくなるから、見てみろこの痣」と神谷が照れ隠しなのか、おどけてヴァイラスのグローブを外した両腕を見せた。

「バカ言え、その台詞はそのままそっくり返すわ、これ見てみろ」と言って、こちらも龍のマスクを外し唇をめくって見せた。

そこには明らかに殴られて切れた跡があった。

「興奮して自分で噛んだんでしょう」と神谷がさらにまぜっかえすと、

「うるせえ！」と言って神谷のペットボトルを取り上げ一気に飲んだ。

「ああ、俺の！」と言う神谷も、ペットボトルを飲み干した林も、そして周りのキャストの面々も眩しいくらいの笑顔だ。

「まったく、仲いいんだか、悪いんだか」

そんな様子を輪の外から眺めていたタラコが、橋と高橋に向かって言った。

「二人とも、子どもがそのまま大人になったような人達ですから」と高橋が、いつかの橋のセリフを口にした。

「そう。だから子ども達のためにあんなに真剣になれるんじゃない。でも、それは林や神谷さんだけじゃなく、タラコさんや児島さん、リュウプロジェクトのみんながそうなんじゃないかな」と橘が言った。

右手で顔の前に庇《ひさし》を作り、林と神谷を中心に集まっているメンバーを見ながら橘がさらに続ける。

「私は、ハルプランニングがサンダーライガーの制作を行っていた時代も、キャラクターショーの現場には出たことがなく、あまりヒーローのことは詳しくなかったんです。でも、今日までみんなと一緒に龍を作り上げてきて、なんか……〝ヒーローっていいなあ……〟と心から想うようになりました。そしてその素敵な縁を運んできてくれた龍に感謝しています」

「俺もそう。龍は俺にとってまったく予想外のこと。でも、橘さんが言ったように、〝ヒーローっていいなあ……〟その想い、確かに違いない」とタラコが応えた。

「お疲れ様でした」

輪の外から青田が声をかけてきた。

「いま、モニターで確認しましたが、すごくかっこいい画が撮れました。ありがとうございました」

「このあとの編集作業は頼むよ」と林が言うと、

「カッコよく仕上げてよ」と神谷が続けた。

「任せてください。皆さんの想いを思いっきり詰め込んだかっこいい映像にしますから」

青田の言葉に、林は「まかせた」と大きく頷いた。

その林の声が合図でもあったかのように、どこに隠されていたのか大きな花束が現れ、東北放送の女性スタッフから林に手渡された。

「お疲れ様でした。震災一年半後に、このドラマを被災地の子ども達に届けられるのは、これからの私達の誇りになります。ありがとうございました」

その声を皮切りに、東北放送の社員、そして監督、カメラマンまでもが口々にリュウプロジェクトの面々にお礼の言葉をかけ始めた。

「ありがとう」

「本当に、ありがとう」

「みなさんに同行して、子ども達と龍の姿をカメラで追いながらいつも泣いていました。みなさんとこの仕事ができて本当に良かったです。ありがとうございました」

そう言ったのは、コレカラプロジェクトの動画を作るため、いつも幼稚園や避難所に同行していたカメラマンだった。

林の目の前が急に霞んできた。

一条の、

「だったら作りましょうよ！　版権にとらわれない、私達で自由に動かせるヒーローを！」

この言葉から一年二ヶ月。

金策で走り回った日々、ネットで罵られた日々、全てが走馬灯のように蘇ってきた。

気がつくと林の頬を涙が伝っている。

林は左腕で大きく涙を拭うと、

「さあ、番組始まったら忙しくなる。きっとあっちこっちから訪問依頼が殺到するぞ！」

林の言葉に大きく頷くリュウプロジェクトのメンバー達。

その誰しもの顔が、ここまで辿り着いた誇りと喜びに満ちていた。

林の予想したとおり、番組が進むにつれ幼稚園や避難所等からの問い合わせが多くなった。

それに伴い、企業や自治体からショーのオファーも増えた。

林や神谷たちが現役時代、サンダーライガーショーでお世話になっていた、仙台市八木山に位置する老舗の遊園地、八木山ベニーランドからは、わざわざ佐々木社長が連絡をよこした。

「いやあ、破牙神ライザー龍、林さんと神谷さん達だったとはねえ。うん、うん。わかるわかる。こんなこと、君達しかできないよ」と豪快に笑い、「うちでは、年間五回ショーをやってちょうだい」と言って、年間五本の契約を結んでくれた。


二〇一二年、リュウプロジェクトが一年間で訪問した幼稚園、保育園、仮設住宅等は、実に二百九十ヶ所にのぼる。企業、自治体以外はすべてがボランティアでだ。

最下位だった〝コレカラプロジェクト〟も、動画をアップするごとにランキングが上がり、九月の終了時には全国二位にまで躍進した。

この震災被害はあまりにも大きかった――。
それでも、林達リュウプロジェクトのメンバーの想いは一つだ。
被災地で、苦しんでいる子ども達がいる。
被災地で、悲しんでいる子ども達がいる。
そんなとき、どうしたら助けになるか、どうしたら励ませるか。
そこに、自分達ができることがあるならば、全力でそこに向かって駆けて行きたい。
今の子ども達が大きくなったとき、〝ヒーローっていいなあ……〟
そう思えるように。

エピローグ

テレビドラマの放映も終わり、リュウプロジェクトでは忙しいながらもいつもの日常に戻っていた。

この日、大崎市にある古川東町カトリック保育園から戻ってきた佐伯麻美は、一条からの声にキャラクターを片付けていた手を止めた。

「麻美ちゃん、少し時間ある？」

一条のいつもより硬い口調に幾分緊張を覚えながら、「はい。大丈夫です」と応えた。

片付けを終え二階に上がると、センターテーブルで一条は待っていた。

「お待たせしました」と言ってテーブルにつくと、一条がペットボトルのミルクティを差し出す。

「麻美ちゃん、これ好きだったよね」

「あっ、すみません」と慌てて腰を浮かしたが、一条の「いいのよ」の一言でそのまま座り直した。

その言葉は一条から唐突に発せられた。

「私、結婚しようかと思っているんだ」

「やっぱり！」

今度は完全に立ち上がる佐伯。

「田中さんですよね！　あれ以来よく仙台に手伝いに来るから、一条さんと田中さんは絶対怪しいって高橋さ

ん と 話していたんです！」

佐伯は満面の笑みで一条に言った。

笑っていたはずなのに目の前がぼやけてくる。

佐伯は両目に涙をいっぱいに溜めながら、

「本当におめでとうございます。震災から今までずーっと頑張ってきたんですから、今度は一条さんが幸せになる番です」と続けた。

「ありがとう」と応える一条の目にも涙が浮かんでいた。

「グッドタイミングで帰って来たみたい」

そう言いながら、橘と高橋が二階の事務所に入って来た。

「麻美ちゃん、声大きすぎ。下まで聞こえてきたよ」

そう言った高橋の顔も満面の笑顔だ。

「一条さんおめでとう。これからのことは私達に任せて幸せになってね」

「橘さん、ありがとうございます。高橋さん、麻美ちゃんも本当にありがとうございます」

そう言って目を伏せると、机の上に涙の雫がこぼれ落ちた。

「それにしてもみんなに気付かれてないと思っていたの？」

湿った空気を吹き飛ばすかのように高橋が、明るく一条に問いただす。

「みなさんいつから気がついていたんですか」の一条の問いに、間髪をいれず橘が応えた。

「そうねえ、今年の夏くらいには、〝あの二人いい雰囲気だよねえ……〟くらいの話題にはなっていたわね」

「最初はタラコさんと木本さんが東松島から帰って来るなり、〝あの二人ラブラブじゃねえ？〟がスタートですよね」と高橋が言った。

「アクターのみなさんにもですか――」と恥ずかしそうに尋ねる一条に、

「もちろん」と大きく高橋が頷く。

「それにしても〝ラブラブ〟って……　古すぎませんか」佐伯が笑顔で言った。

「だって皆様、古い素敵なおじさま達ですから」とすまし顔で高橋がいうと、「ほんとに！」と大笑いをする四人。

「でも、多分一人だけ気がついてない人がいると思う」

橋の言葉に四人が顔を見合わせ、一斉に、

「林さん！」

一条までもが一緒に応え、またも大笑いをする。

「絶対に気がついてないと思います」と笑いの治まらない高橋が言うと、

「本当、林さんはそういうところは鈍いですよね」と一条が笑いながら続けた。

みんなの笑いが治まったところで橋が言った。

「ところで式の日取りなんかはもう決まっているの？」

「震災からまだ一年半しか経っていません。未だに行方不明者の捜索も続いていますし、仮設住宅の問題も進んでいません。沿岸部の幼稚園や保育園では、まだ仮設の園で保育や勉強をしているところがあります。大地さんとも話したんですが、被災地がまだこんな状態なので、式や披露宴は止めようと思っています」

橘は、「そうねえ……」と言ってから、

「その分いっぱい幸せになってね」と続けた。

「お前ら、手順大丈夫だよな」

マスクのぱっちんを外し、右手で龍のマスクを小さく上に開けながら、木本が、斎藤、原田、杉山、成田に向かって確認した。

今日の龍は木本が演じている。

十一月十一日のこの日、宮城県商工会青年部連合会主催の〝復興祭〟が仙台市の西公園で開催されていた。

そしてこの日が、一条のステージMC最後の日でもあった。

二回目のステージショーと握手撮影会が終わり、楽屋に龍が戻って来たところだ。

ステージの上では、一条が観客に向かい最後の締めの挨拶をしていた。

「大丈夫っす。花束はタラコさんが花屋さんから受け取って隠してくれているはずです」

原田が声を潜めて木本に告げた。

リュウプロジェクトでは、このプロジェクトを立ち上げた一条正美にサプライズの花束プレゼントをステージ上で演出することにしていた。

主催の商工会青年部には、握手撮影会あとに五分ほど時間が欲しい旨と概略を伝えると、一も二もなく協力してくれた。商工会青年部で活動している部員達の子どもが通う保育園や幼稚園にも龍はよく行っている。その龍を立ち上げたメンバーの結婚による最後のステージだ。

「――それではこのあとも復興祭、お楽しみに！　バイバーイ」とステージ前の子ども達に手を振り、ステージ下手に向かおうとしたとき、いきなり〝ＲＩＳＥ　ＵＰ〟から始まるクライマックススタートの主題歌がかかった。

驚き、足を止める一条。視線は一点を凝視している。

一条の視線の先には、龍が大きな花束を抱えてゆっくりと階段を上がってくる姿があった。

突然、一条の目の前の風景がぐにゃりと歪む。

龍がステージ上で固まっている一条に近づき花束を渡し、続いて右手を差し出し握手を求めた。

花束を左手に持ち替え龍の右手を握る。その途端、一条の目から大粒の涙がこぼれ落ちてきた。涙が止まらない。言葉も出ない――。

ステージ前にはいつのまに集まってきたのか、商工会青年部の面々が満面の笑みで拍手をしていた。

ステージ袖では、リュウプロジェクトのメンバー達も盛大な拍手を送っていた。

スピーカーからは、総合ＭＣが、震災から子ども達を想い、走り続けてきた一条の功績を説明している声が流れている。

ステージ前だけではない。

離れたところにいる家族連れも立ち止まり一条に拍手を送っていた。

龍を見つけた子ども達が、またステージに駆け寄って来て、大人達に混じって小さな手で一緒に拍手をしている。

「一条、幸せになれよ」
林はそっと呟き、実行委員長にお礼の挨拶に向かった。

終わり

あとがき

ちょうどこの物語が終わった頃、出版プロデュースをしている方から、「ドキュメンタリー小説を書いてみないか」とのお話をいただきました。

以前は、素人が小説など書けるわけがないとの思いもあり、お断りしていました。それが、今回書くきっかけになったのは、活動資金を得るため、様々なアプローチをしていた中で、一昨年、再び出版に近い方より、「君達の軌跡を本にしてみたら」と提案を受けたことでした。

もし、それで現金化できたなら――。

ラッキー！　くらいの軽い気持ちで、未知の分野に初挑戦することになりました。

立ち上げからほぼ毎日綴っているブログをベースに、メンバー個人の日記や、手帳などを持ち寄り、あの時はこうだった――。ああだった――。と、リュウプロジェクト立ち上げ時のように、みんなで酒を飲みながらワイワイ楽しく書かせていただきました。

そうやって、初めて書いた原稿を見せたところ、

「これは、小説じゃなく台本だ」と言われ、

「それはそうだ。俺達、台本しか書いたことないし――」とみんなで大笑いをしたものの、見事な玉砕。

指摘された台本を小説ぽく書き直す作業を、様々な方の力をお借りしながら、なんとか形にし、出版企画書なるものを、昨年のスーパーライブで、ブックレットに寄稿していただいたライターのむらたさんに教えていただ

き、最初に持ち込んだのが金港堂出版。

そこから舞台を金港堂さんに移し、拙いながらも出版することができました。

何より、この小説を商業出版するという大冒険を決断していただきました金港堂の藤原社長をはじめ社員の皆様、本当にありがとうございます。そして、出版という未知の分野で右往左往している私達に、手取り足取りご指導いただいた編集の菅原様、田高様ありがとうございます。

商業出版という大きな壁を乗り越えるため、親身になって出版企画書の書き方から持ち込み方までご指導いただいたライターのむらたえりかさん、ありがとうございます。むらたさんがいなければ未だに出版には漕ぎ付けなかったと思います。

そして、立ち上げからリュウプロジェクトのデザインを全て手がけてくれているビヨンドグラフィックスの鈴木さん、今回もかっこいいカバーデザインをありがとうございます。

同じく、立ち上げからレンズを通して龍を見つめてくれているカメラマンの石井さん、今回も様々な構図を提案してくださりありがとうございます。

今回のこの書籍化プロジェクトに関わっていただいたすべての皆様に、この場を借りて重ねてお礼を申し上げたいと思います。

本当にありがとうございました。

この本は、二〇一一年三月の東日本大震災から、二〇一二年末までの私達の軌跡をまとめたものですが、そのあとも、現在まで私達の活動は続いており、その間に、被災地で二千十名を無料招待して開催したスーパーライブや、メンバーの癌発症を機に立ち上げたヘアドネーションプロジェクトなどを推進しています。

今回、この本を書くにあたって出版社から支払われる印税は、すべて私達の活動費に充てられます。被災地で龍を待っている子ども達に会いに行く資金や、病気や怪我で髪の毛を失った子ども達のウィッグを作る資金となります。

重版がかかればまた印税が私達の元に届きます。この本を読んで少しでも共感できたなら、ぜひ、周りの人に勧めてください。

皆さんの力をお借りして、目指せ、「重版出来!」笑。

二〇一七年九月

RYU PROJECT
スタッフ一同

RYU PROJECT

2011年5月、東日本大震災を機に、東北でTVヒーローキャラクターショーに携わったスーツパフォーマー、MIX、MCが中心となり、被災地域の子ども達に希望と笑顔を届けることを目的にリュウプロジェクトを立ち上げました。以来、宮城、福島、岩手の被災三県で、年間200回を超す無償公演を、幼稚園、保育園、児童施設等で続けています。

2016年5月には、メンバーの癌発症をきっかけに、全国の子ども達を対象にしたヘアドネーションプロジェクトを立ち上げました。

病気や怪我で髪の毛を失った子ども達に、笑顔と元気を取り戻して欲しいと願い、31センチ以上の人毛を寄付していただき、メンバー自らが採寸に赴き、完全オーダーメイドの人毛ウィッグを無償でプレゼントしています。

詳しい活動内容はこちらから

リュウプロジェクト　　ヘアドネーションプロジェクト

RYU PROJECT　リュウプロジェクト　震災のあの日から

平成29年9月15日発行　初版発行

著　　者　特定非営利活動法人ヒーロー
発 行 者　藤　原　直
発 行 所　株式会社金港堂出版部
仙台市青葉区一番町二丁目3番26号
電話（022）397-7682
FAX（022）397-7683
印 刷 所　笹氣出版印刷株式会社

落丁本，乱丁本はお取りかえいたします。
ISBN978-4-87398-116-1